还似锦年

STILL IN THE MOOD FOR LOVE

杨朵轶 著

遇见风 遇见大海
遇见白雪皑皑 在荒芜尘世里 学会温柔地呼吸
感受光 感受存在 感受万物生长
于寂寞流年里 寻找未知的自己

遇见风
遇见大海
遇见白雪皑皑
在荒芜尘世里
学会温柔地呼吸
感受光
感受存在
感受万物生长
于寂寞流年里
寻找未知的自己

海峡出版发行集团 THE STRAITS PUBLISHING & DISTRIBUTING GROUP | 鹭江出版社 LUJIANG PUBLISHING HOUSE
2016年·厦门

图书在版编目（CIP）数据

还似锦年 / 杨朵铁著 .—厦门：鹭江出版社，2016.6
ISBN 978-7-5459-1131-2

Ⅰ. ①还… Ⅱ. ①杨… Ⅲ. ①诗集—中国—当代②散文集—中国—当代 Ⅳ. ① I217.2

中国版本图书馆 CIP 数据核字（2016）第 056654 号

HUAN SI JINNIAN

还似锦年

杨朵铁 著

出版发行：海峡出版发行集团
鹭 江 出 版 社
地　　址：厦门市湖明路 22 号　　**邮政编码：**361004
印　　刷：北京尚唐印刷包装有限公司
地　　址：北京市顺义区牛栏山镇腾仁路11号
邮政编码：101399
开　　本：889mm × 1194mm　1/32
插　　页：4
印　　张：9
字　　数：123 千字
版　　次：2016 年 6 月第 1 版　2016 年 6 月第 1 次印刷
书　　号：ISBN 978-7-5459-1131-2
定　　价：68.00 元

如有发现印装质量问题请寄承印厂调换

序：依稀爱，如少年

时光如白驹过隙，转眼间在北京已生活了十几年，青春的大半，奉献给了这座迷人的城市。我始终喜欢她的丰盈、繁华以及偶尔的寂静。

记得那时我留长长的头发，心怀叛逆，在漫长的夜晚痴迷于书写，常常忘记白昼的存在。良辰苦短，情感纠缠，有梦依稀，心向远方。

顺着时间的印记和线索，我仿佛还能看到那个少年的侧影。白衬衫在风中轻轻舞动，帆布鞋踩出不规则的脚步，耳机里循环着老狼的那首《虎口脱险》——“说着付出生命的誓言，回头看看这繁华的世界，爱你的每个瞬间，像飞驰而过的地铁。”爱和时间一样，缓慢地消失。

记忆里的北京夏夜，混合着什刹海酒吧的嘈杂声，混合着中关村小贩的吆喝声，一点一点，越来越远。

很多，都已经不再是最初的模样，时光把每一个人雕琢得更加生动。有人不忘初心，有人拥抱了沉沦。那些所谓的青春梦想，仍旧在途中，被遥望，被欣赏。而我们，则在现实中逐渐成熟，甚至老去。

这个城市的沙尘暴越来越少，雾霾却越来越多，被PM2.5笼罩的世界，灰色蔓延。很多人戴着有呼吸器阀门的口罩在城市里穿行，看不到他们的表情，只有匆匆的背影。高大的建筑物若隐若现，如同一场虚空的幻觉。

忽然很渴望一缕阳光，能穿过厚厚的灰尘，笔直地落在地面上。仿佛在黑暗中点燃烛火，可以照亮眼睛，可以温暖灵魂。

曾经过了一年多的双城生活，在北京和深圳之间往返，两周一次，不断循环。干燥和湿润，晴朗和阴霾，流转的情怀，不变的执念。

特区纵有万种妖艳，我却始终未能融入。想念北京，那里有家，有梦想，有朋友。

感恩友谊，十数年过去了，许多东西不在了，但你们仍在。也有新的朋友出现，依然是真性情的同类。我们围坐在一起，吃烤鸭，喝二锅头，抽中南海。谈的不再是梦想，不再是姑娘，而是现实。

现实是眼中的冷漠，现实是心底的温情，现实是脚下的长路，现实是头顶的银河。所谓梦想，所谓现实，都被岁月钉上了一枚枚标签，在过程中被展览，在憧憬中被遗忘。

这好像是一件忧伤的事情，我已经胖了整整五公斤。

不知道你是否经过冬日凌晨时的北京，霓虹寥落的街口，万籁俱寂，唯有凌厉的北风，席卷诱惑穿行。

孤独的城，真实的生活。

我喜欢这种真实。好似残酷的浪漫，和一种微光共存，即使是虚假的美好，已足以抵抗生命的荒芜和清凉。

开始喜欢喝咖啡，用厚厚的白瓷杯，不加糖。我发现咖啡可以让人产生幻觉。幻觉过后，会更珍惜此刻生活的美好。

有时我会捧着一杯泛着热气的拿铁，远离城市的喧嚣，在街角的咖啡屋独坐一整个下午。看一本杂志，写一首诗，听一首歌，或者什么都不做，透过玻璃，看着窗外走过的人潮，获得暂时的平静。

自从公司搬到燕莎桥，已经习惯了在朝阳未起的时候出发，南二环转东三环一路行来，经历穿透黑暗拥抱黎明的过程。拥挤的车流中，感受天色一点点亮起来，感受光，感受存在，感受万物生长。我喜欢这样一种过程，克服了对黑暗的恐惧，更多的是沐浴阳光后的欣喜。

依循着怀旧的惯性，十几年过去了，自己的爱好仍然没有改变。摄影、写作，能够带来美好的东西，我选择继续。

想起当年的自己，扛着沉重的单反相机和镜头，走遍了北京的大街小巷，循着光，按动快门，凝固住的物，流转的心情，都在我半眯缝的眼睛里存在，以独特的姿态，记录岁月浮光。

想起当年的自己，伏在被夜风洗过的窗台，就着一盏昏黄的灯，在电脑上敲字，手指舞蹈，文字诞生，呈现出符合自己情趣的质感。青春的脸上有灿烂的光芒，虔诚，而且专注。

后来我写过的文字被整理和编辑，然后出版，摆在图书大厦最显赫的位置。第一次见出版社主编时的羞涩与紧张，第一次面对陌生人签售时颤抖的手指，都已成为我心底珍藏的回忆，许多年过去了，仍旧清晰如昨。而此刻的我，已经能和出版社主编坐在同一张桌子上谈笑风生，能够面对上千人滔滔不绝而面不改色。时光，真的是一种很强大的东西，生活已在不经意间改变了许多。自己越来越强大，但也越来越世故。成长无非就是这样，在得到的同时，也在不停地失去。

我希望自己可以用文字来抗拒失去，来捍卫爱。

仿佛走在一条寂静无声的长路上，无论脚步沉重还是轻盈，都是因为想要追寻自己内心的声音。这种渴望和力量无法言说，人总需要一场义无反顾的旅行。

我知道每一个湿润的吻
我看见每一条唇线在颤动
我听说有几种云必须怀念
我听见树林沉浸在黄昏的寂静中

我知道有几片枯叶夹在诗卷中
书本打开着　扉页朝着宁静的天空
我知道有几种水果在那幅画里
有几幅画在屋后的草丛中

6

我知道有几条街可以一走再走
有几句话却不能一说再说
我知道有几首歌可以一唱再唱
有几个秋天的树林不能一再经过

我特别喜欢孙甘露写的这一首诗。爱和忧伤，都在淡淡的情绪里，有纠结，有果敢，可以高贵到云端，也可以低到尘埃里，如同情人的眼泪，婉转、迷人、不可救药。

我一直不愿将一些隐藏在内心深处的东西写在文字里。其实我明白，对于一个写作者而言，只有勇敢地剖析自我，用文字直抵内心，才能真正实现与读者的共鸣，带给读者一些慰藉，一些感动。

我开始为此而改变，为此而努力。

并愿爱依稀，一如少年。

目录

Ⅳ

走向记忆的边缘 / 195

在生命的轮回里

江南雨　塞北风

三生石上写下诺言

如一阵轻烟

飞过历史一千年

后庭沙

西子湖畔　饮半盏清茶　犹记青涩年华
陈仓古道　观小桥流水　躲避岁月挣扎
远去流年　静如月牙　点滴染红朱砂
春秋冬夏　时光打马　一袭白衣如画

夜深忽梦红颜　齿秀眉弯　相对安坐天涯
乱了心绪　长了少年　一夜生白发
若有琴音如霞　便送你千树桃花
不理世事喧哗　许以沉默作答

含笑望　满目浮夸　懂你相逢无话
侧耳听　阶前廊下　雨打芭蕉
待我青梅煮酒　夜问青麻
共忆后庭沙

画梅

温一壶黄酒　再来三两青梅
就着苍白的月光　奏一首古韵
琴间汨醒无味
千杯如能不醉　英雄长相慰

狼毫走纸笔如风
画淡淡的柳叶弯眉
恍惚间如你初妆
忆某时轻罗小扇　晴空如碧
浅映后厅弄莲的手

坐看云起　浮生若梦
那一树繁花　满目尽嫣红
多少结绳记事
心起涟漪
少年竟不再

梦境里流转最初的缠绵

白与黑
相遇在黄昏十九点零三分

画面定格　与胡茬交错青春
淡漠的眼　在镜子后边偷偷地瞄准

江南雨　塞北风
三生石上写下诺言
如一阵轻烟
飞过历史一千年

故事是苍老的
音乐低回
找不到彼此亲吻的痕
之后
一切都被固定
凝在最寂寞的时间

我用一些文字开头

又用一些文字结尾

等待　流转最初的缠绵

陌境

梦境随心流转
往事不如烟
回首明月晓风
疏影中窥你容颜

驾一叶小舟
望如黛远山
重重花影间
随碧波归零

等时光转瞬
等潮水重生
等偶然幻化必然
等黑夜输给黎明

如你所愿
唯有越过高山大河

穿行冷暖红尘
卧听廊桥秋雨

以梦为马的日子
一路弦歌相陪

向往古都九月
心系陌生之境
在厚重的历史中
求索　行的意义

破阵子

——庄中晓梦

月明迈步西楼，长恨不解闲愁。
庄里忽梦胭脂醉，总是孤芳洗清秋。
相思仍依旧。

花间须纵美酒，欲语泪先流。
未将心事付瑶琴，不改一袭朱颜瘦。
柔肠伴归舟。

秋意浓

小院空径　徒留南窗　等西风
一皱飞雪　白了满屋清霜
二十四桥仍在　柔水微澜　泛秋殇

庄生晓梦蝴蝶飞　一夜琴弦诉衷肠
老了少年　长了沧桑　远去了故乡

兰州画舫　月下舞霓裳
千江有泪　化为掩泪的伤
若已瘦比黄花　何愁那一瞬温差
纵此刻销魂　亦有不朽的断章

花非花　雾非雾　依稀江湖相忘
陪君醉笑三千场　惊觉子夜薄凉
叹潇潇雨巷　如梦夕阳
君却在远方

柔软

听雪　落在残荷的声音
遥望　暮鼓炊烟
断桥仍在
听不到蛙语喧哗

留子夜　星光碎影
好与沉默的流年作伴
面对回不去的故乡
始终　心怀一份柔软

月色流转　梦过浮桥
轻嗅蔷薇　我见犹怜

等杏花春雨
恨时间绵长
为尽君一诺
肯独行千里

我所走近的每个地方
都是为了走近你
我所抵达的每个城市
都是为了抵达你的心里

红妆戏梦

小巷狗吠
琴声悠扬
舞者一袭素衫
不欢喜
亦无忧伤

等待春天
画出心事
等待心事
画出春天

醒在酒后的人
梦里留一段红妆
梦里留一段红妆的人
醒在酒后

游园惊梦

留
半盏渔火
点
一枕秋霜
听
几许清钟
等
满岸浮萍

往事归于静寂　十里染遍桃花
始终　放不下怀春的你

当夕阳醉了　如我们老去
望鼓楼晚空　不改一抹酒红

欢爱的过程

犹如寒蝉惊梦

数尽繁华

抱雪无痕

桃花与莲

生　与桃花有关
衣衫轻薄
挑逗　漫漫归人

春雨　落尽繁华
执手相看
望不穿天涯

旧物不言
草木清浅
旦暮之间
阅你容颜

当结绳无以记事
当承诺成为谎言

还有多少流年

可以用来守望

那一池

高洁而寂寞的莲

又似故人来

萧索的夜色
载不动千禧的乡愁

一番烟雨
惊醒寂寞之城

少年生白发
晚风亦多情

等花开　等雨停
等岁月轻柔　等时间微茫

掬一湾流水
筑世外桃源

素杯盛雪

方见始终

一如初见欢喜

又似故人来

催雨流云

晓梦江南
念千山飞雪
寸心轻动
雨落幽微无限

白昼不言
舒云漫卷
时光落满尘埃
岁月输给痴念

纵然
飞流直下三千尺
纵然
轻舟已过万重山

当诗词成为呐喊

当相逢随遇而安

几壶煮过的黄酒

许以温暖　再遇流年

小镇微澜

如一颗琥珀
念浮生
时光作画
好还乡

噤声不语
黄昏微凉
梦里静听西风

执笔有暖意
留初心
回首见烟云
逆光行
窗外几树寒梅
待春风
月下数点微光

遁无形

小镇似水

温柔长　波澜不惊

握不住时光深邃

一场春天的雨

惊醒温柔的梦

剪不断往事

层层叠叠

御风

明月的白　烛光的黄
一场春天的雨
惊醒温柔的梦
剪不断往事
层层叠叠
温暖与黑暗交织

左手倒影
右手流年
握不住时光深邃
血液是一种沉堕
染红了陈年的白酒
我在杯中读你的笑容
点滴都是痛

想起落花的雨
追忆离人的泪
朦胧的烟波里
何处是江南

太极赋

此起
彼伏

尔消
吾涨

声东
击西

是为
太极

月满经年

月光犹如长舌的妇人，在星子的纠缠下，依旧喋喋不休。
篝火通红，配一盆清水，开始漂白陈年的往事。

用旧诗词温一壶黄酒。宜兴的砂锅，盛得下四散的药材。
当归朴素如初，黄芪娇憨可爱。

健忘的记忆可以在残梦中苏醒。
加一颗南国的红豆，再加一杯忘川的水。
嫦娥泼我一身月光，也始终不发一言。
温热凉寒，辛甘酸苦咸。
四气五味，一碗氤氲雾气的中药，正好攻克经年的心病。

白苇般的忧伤

月色在苇上凝结为霜，碎银的星辰像风一样凉。

立冬，我伸出遥望的手，隔着一泓秋水的距离，却始终触摸不到你。

大地取走青草和花朵，取走瘦流水，取走最后的诗词。

走在立冬的边缘，一场雨正在缓慢地冻结。

从立春到立冬，花木和蝴蝶最终分手。

在春季深处，用竹篮打水的人，还在阅读蝴蝶酿造的爱情。

而在立冬的边缘，冰冷的雨群正在心头，急急地停伫。

期待冬雨覆盖从前，我和身披白衣的苇一样忧伤。

在春天怀念爱情

春天的深处，你乘一柄桃花，在水上逃亡。

我在暗黑的马上，伸出手去，只触到一片叮咚响的月光。

用竹篮打水，反复淘洗。

你散落在案头的旧诗，借着微弱的灯光复活。

我把自己的身体悄悄打开，然后看看内心，是否洁白如初？

乘一柄桃花，到相爱的深处，月色泱泱，你已在千里之外。

而在清冷的水边，我慢慢浣洗往事。

爱情，只有过程，没有结果。

东风破流年

从来没有交集的时空，自己却输给了寂寞。问东风，情易折。问东风，东风破。

混浊的河流。日落的街道。沧桑的古树。夜渐深，雨纷飞，心无由。一抹嫣红的流云融入灰暗的天空，单调的笔与墨在敏感的白纸上寻求定位。我发现被我们无数次憧憬膜拜的往事，竟然浸润着凄凉，穿梭在情感的交织交汇中，转瞬即逝。

一杯淡酒，清清冷冷难入喉。采撷一抹流霞，为伊人远走的日子记取。执手相看，古道中依稀有远方的炊烟袅袅升起。闭上双眼，夜箫余音绕梁，倾樽一笑，一盏离愁。一杯淡酒，酒入愁肠是否会愁上更加愁？

这凄凉伤心事，纠缠在破碎间。点头失忆，放下柔情点点。灵魂与肉体悬立在万丈深渊，可这刻骨的相思为何还不随之东流？不舍的激动，终归入尘入土，难道可使寸寸折，不能绕指柔？清风渐凉，听着子夜的呢喃，是谁在轻声地问你知否知否？是谁又在聆听着那一江春水向东流？

夜箫依旧，悠悠扬扬。卷起素衣起风掩的时候，我分明看到大漠中笔直的孤烟，长河中浑圆的落日。心头的感觉，恰似风起时莲花的开落，恰似你的温柔，来也无声，去也寂寞。

有时会莫名地问自己，思念，怎可以没有华美的衣裳？怎可以不飞扬而依附尘埃？所以至今，我虽然喜欢辛稼轩的“天凉好个秋”，却仍对其“少年不识愁滋味”存有微言。这荒烟蔓草的年头，急雨敲醒了我沉睡在梦中不落的预感，似乎又回到了这种状态。表面看似平静，其实内里暗流汹涌。

一步一步走过，也许我们终究掩不住失望和落拓，问东风，情易折。问东风，东风破。待到流年消逝后，落寞诗篇几时休？

风系着绝情，伏在剑上哭。

狭路相逢勇者胜，是谁在流年里用琵琶弹奏一曲《东风破》？

我们的现在，我们的过往，都不愿诉说。风之舞，天之涯，没有人会逃出时间的永恒。

幽兰露，冷翠烛，一张动容的脸，是不是连流年都不堪裁剪？

西轩处，南轩处，玄楚的空灵在九弦琴里游弋。

斗转星移间，东风破流年。

月色洗梦

古筝响动的夜，手挽唐绢掩面哭泣的女子弹拨江南丝竹的清音，一管羊毫走湿千年的风景。

我坐在月色洗过的石阶上，思索着一茎长荷的韵脚。是谁敲叩青藓门扉上那层层的记忆，以一种缓慢的优雅交织着前世今生的企盼？

我散逸丝发铺成一条柔软细长的古径，浅淡的月晕跌进我的眼眸，荒芜了尘世的归路。

岁月在整日整夜地浅吟低唱，我将生命之杯倾斜，啜饮一小口红尘，醉了千年的月光。

用弹古筝的手雕一管百孔长箫，在诗韵低扬的风中，吹彻唐诗宋词。一页页颤抖纸上华年。或是蘸浓雾写一首诗，投注水云的色彩；或是捻须吟一首词，释放古老清雅的芳菲。

轻轻推开一丛虚掩的篱笆，蹑足走近你窗前，听你读着书签里那些新月妩媚、烟柳浓情的词句，一行行，一叠叠，载着红尘的呓语，也载着纤巧的叮咛。

散怀烟雨

潇潇烟雨中，撑一把油纸伞，在古城的青石巷走着莲的步子，朵朵是我踩在尖刀上的舞。

有苔藓斑驳的记忆随小径躲闪而来，螺云青髻的江南女在翰墨里浮香，舞动冰雪的情怀与蝶羽的风姿，千年的诗情不老，恰如我的相思，以一阕瘦词与流觞古诗恣意悠悠古韵。

我滑落在古老的秋径，任你以唐风的姿势敲打指端流动的文字，在暮风折尽杨柳的时间里，守候一个古老的预言。

黛色的夜幕碾过万千红尘，流年埋葬在褶皱的心事里。

是谁的歌唱让我美丽得如此炫目？有着莲的醉态，梅的清婉，媚似夜半海棠的嫣红。是谁的眸子浅尝荷露的底蕴？掬水月临摹前世今生七色的诗篇。又是谁踏着黄昏的歌板，以一双燃香添烛的素手，垂钓一枚千年来瘦瘦的感伤？

听窸窣的细雨敲打在石板路上，恍若我隔世的心跳，淡淡水墨湿了三秋的情怀，再现三月三长安水津的香衣丽影。那些绿柳红樱的生死相依，在风中软软穿行六朝乐府的潋滟轻波。你是长在水心的莲朵，萦绕我胭脂色的梦。

临水的女子在秦淮河上传唱笙歌，红格碧色的窗花下，雪纺胭色的罗裙在莺歌燕舞的人间袅娜曼妙的风姿。这雨，饮醉了秀色的江南。

是否还会有在水之湄的缥缈情愫滋生？我拨动了往事那早已锈蚀的弦，不再牵挂自己的故乡，也不想要去的地方。

落影黄昏

是落影的黄昏，我从唐朝走来，将忧伤的心怀掰开成莲，流泻晶莹剔透的水珠儿，潺潺我悠长的等待。远山如黛，烟霞雾痕萦绕绿色江南，几径菊花顺着墨香袅袅地轻展心扉的痕迹，藤萝秋千架上凝愁的女子，在夕阳的夹道里拾起一枚青苔的记忆，葱茏季节里流动婀娜的背影。

爱与哀愁在薄暮的风中浮动，潜藏我黄土般龟裂的相思。我将瘦成一叶独木舟，滋长藕荷色的爱情，山水红尘有着醒转的梦。

在香雾盘桓、丝绸镶嵌的院落里，我将相思挂在青春的墙壁上，掬一幅禅寂的画面，在洞箫声里坐尽整个黄昏，看你婉约的衬景，在蔷薇的月光下款款曼妙唐衫的风情。

烟色的记忆很远，却远不过唐代。

聚 寶 盆

静默忽觉夜如伤

泪光湿了衣衫

用青丝挽我心结

沉于水的丁香

勾勒你最初的模样

冻结

冻结那时间　冻结初遇那一天
冻结那爱恋　冻结吻你那瞬间
我也会疲倦
你的项链　在我身边　带我穿梭回从前
冻结那空间　冻结有你的世界
冻结那画面　冻结不让它溶解
我若是疲倦
你的项链　在我身边　发光在我胸前
你的项链　在我身边　陪伴着我过每一天

林俊杰的歌，把人唱得好疼。

城池寂寞。情绪纷乱如雪。我的手握不住时间。
那天。我们遇见。那天。天空好蓝。
我的手藏在牛仔裤里。我的手握不住时间。

墙角有朵叫不上名字的花，没有开完就坠落了。下午，我把它拾起来，小心翼翼，夹在厚厚的书里。如同珍藏一个梦，梦里是最美的温存。

这一刻，我好烦自己。除了写一些暧昧疼痛的小文字，拍一些华丽斑斓的小图片，自己还能做什么？想着想着，忧伤便蔓延开来，怎么也挥之不去。

你就站在我的对面，有倔强的表情，如同即将腾空的鹰，坚定非常。跃跃欲试，离开我的掌心，飞向万里高空，寻找自由。可是你还没有离开，我就已经开始想你了。

真的，想你了。我的手藏在牛仔裤里。我的手握不住时间。

这是多么让人忧伤的事情。白云好远，大雾弥漫。

我中午没有吃饭。水也没有喝一滴。我只想聆听你的呼吸。

但我只听见你说厌倦。

感情。诺言。恐惧。最初和最后的缠绵。

远了，越来越远了。可是一睁开眼睛，一切似乎又都重新回来。

我爱你。我的手却握不住时间。

想起了周迅主演的电影《苏州河》。想起那些对白。

“如果有一天我走了，

你会像马达那样找我吗？”

“会啊！”

“会一直找吗？”

“会啊！”

“会一直找到死吗？”

“会啊！”

“你撒谎！”

……

我们的爱情就像电影里那条苏州河，不停地流淌。有人在上面划船，有人向里边倒垃圾。河水幽蓝，不知道深浅。脚下是此岸，而站在这里，却看不到彼岸。

你问我，为什么会喜欢上你，又为什么不愿意离开。

如此对白。一切都像是电影。

我喜欢你那超然于自我的眼神。一点点流离，一点点执着，看起来觉得心疼。

不愿意离开，是因为我想看着你，一如初遇的时候。如果真的一定要离开，那也是为了要让你留下来。

此刻 20 点零 5 分。关掉办公室里所有的灯。

黑暗如剑一般。突如其来的疼痛。桌上的咖啡早已经凉了。

雪融的时候最冷。夜是给寂寞的人。

下一场大雪吧。把所有的一切冻结住，包括时间和感情。

下一场大雪吧。漫天的纯白，都在诉说爱你爱你。

而我，是否可以在繁华落尽时，终于被你宽恕？

孤独失语者的自白

中原。大风起兮。天空灰暗。楼群静寂。透明的塑料袋在空中飞舞，失去掌控，被命运无情摆布。

这一场大风，呼呼地刮进人的心里。是冬来了。

走在异乡的街道，审视穿行的路人。他们步履匆忙，眼神茫然。原来普天下漂流者，皆若空游无可依。偶有坚定的身影经过，瞬间，便埋没于茫茫人海之中，再难寻其影踪。

我有不安定的感觉，内心里慌张寂寞。午夜梦醒时分，仰望白色的天花板，若干细碎的幻影在时光里舞动。可是我看不清楚它的模样。像是失去了判断的孩子，无助彷徨。

我期待有人可以帮助我，引领我走出这座被雨水浸泡的心灵之城。这不是一个孤独失语者的告白，而是我忽然很怜惜自己现在的样子。

人间事，不堪凭。一旦松手，有些人，有些事，就如同手指间流动的沙，大风中飘摇的线，永远地失去。夕阳下才觉日短，离别后方知路远。敲动键盘，写下如此文字。内心明澈，珍惜是何等美德，而相遇，更是如此幸事。

随身携带的是一本《倾城记》。雪小禅作品。封面上放肆地印着："如果和最心爱的人在一起，生是满目碧绿，看山绝色，看花倾城。"我喜欢这个逼仄的句子。浪漫而霸道。从前张爱玲写："爱是一个苍凉的手势。"拟人化的忧伤，同样地喜欢。悲和欢，温暖与苍凉，从来都是爱的衍生品，被遣词造句的人，灵活展现。

这本书被我在从北京西到郑州的高铁上看掉了一半，剩下的一半，我会在从郑州回北京西的旅途中，把它看完。开始喜欢上这样微微古典的中国风文字，下笔时似有些许的感染。心有一帘幽梦，为君低吟浅唱。从前总觉得类似的文字胭脂味浓郁，难归大雅，只能在娇嗔的少妇中流传。

原来世间很多事情都可以改变。也有一些人，会悄无声息地消失不见。就在低眉回转的瞬间，夏天，已经很远很远。

往事历历，终究还是会化做“夜深忽梦少年事”的一场闲愁。如果依然能够不悔当初，就至少还保留住了心底的洁白美好。一段荒凉旅途，要在途中走出华丽风景。黎明到来时，睁开双眼，向世界露出一个美丽的微笑。

“不愿为任何人舍弃骄傲，又巴不得能为某个人放下矜持。孤独的人何其相似。”我在一本书里读到了这样的句子，内心深深震撼。抬眼望窗外，夜已深蓝如海。我承认我写不出这样绝妙的文字，于是停笔独坐。关掉台灯，静听心跳声。

一片暗默中，忽觉其夜如伤。

咖啡色的湖

我的爱情，已经没有温度；我的心，沉默在咖啡色的湖。

摊开自己的手掌，让手指和手指没有距离，我仔细地看着那些纠缠着的掌纹。长长短短，他们说里面有生命和爱情。看着看着，形成迷乱。

谁能真的参透宿命？谁又能真的解析轮回？

总是这样。想得太多的时候，会感觉到疲累。然后就把自己蜷缩成一种冬眠的状态，保持着思考，却没有了温度。

北方的城市漫过了一场飞扬的雪，把空旷的大地包围成一种纯纯的白色。像童话里的世界，用梦幻覆盖我们的眼睛。我们开始在臆想里学会忘记痛楚，也就暂时没有了挣扎的困顿。

原来遗忘有时候也是一种幸福。当然只是暂时的。

雪融的时候会更冷。夜是给寂寞的人。刺骨的寒意往身体里拼命地钻。连月亮都胆小了，躲在厚厚的云层后边，轻轻地叹息。

冬天是真的来了，寂寞的时间。连回忆都没有。

只有风，没有节奏和方向地舞动着自己的身躯。可是我无法辨认它的声音。它从何而来，又将到何方去？一如爱情。

谁也不会知道，自己的下一站会停靠在哪里。

也许一切都是一场意外，而我们只是因为不小心才置身于其中。

当我如履薄冰地想要跨越这个心痛的季节，才发现寒流已经把语言冻结成了寂静。我说不出任何语言。我哑了。四周的冰刺得我体无完肤，连痛都没有声音。

眼色里是绝望，星与月惊蛰。

爱情如果没有温暖，拥抱的姿势应该怎样定义？

深夜两点，万籁俱寂的时刻，我在冷冷的街边握着电话。不断反复的话题，永远都没有答案。我只有聆听，用寂寞的姿势。那几个小时，如同一个世纪般漫长。

在这个需要温暖的凌晨，我用尽了自己最后的坚持。

选择了就必须承受，而承受之后，就是残酷。

整理了 Email 和日记，然后阅读，最后一次温习没有墓碑的爱情。

然后用一个 DEL 键，轻轻地一点，全部都变为空白。

一切都消失了，包括梦和梦的影子。

在这一刻，我愿意让自己麻木。于是为自己倒上了一杯红色的酒，把所有黯然的情绪都浸泡在里面，透过白色的玻璃杯，终于可以脱下自己疲惫的外衣。

一口饮尽，酣畅而坚决，脸上也终于有了一抹红色。我是一个不胜酒力的孩子。但是现在，我希望自己可以痛快地醉一场，清醒之后，把过去完全遗忘。

窗外，有黄色的月光，淡淡地辉映在黑色的帷幕中，又坠落在我的眼睛里，把我深深地灼伤。原来我那么脆弱。可是往事，已不能复活。而我的心，也已经沉没在咖啡色的湖。

不知道，谁会再来唤醒，我沉睡着的心？

没有对手的爱情

轻轻地推开窗户，深呼吸，又是一个寂寞的早晨。

残雪。足迹。苍茫的大地。

冬日的阳光温柔地照射在我白色的衣服上，映出一个狭长的影子。马路上有彼此交错的人流，却都在这个季节安静，如同一只只沉睡的松鼠，似乎仍在梦里预习着春天。

我仍然是一个孤独的孩子，抬起头望着天空，一整片的蔚蓝色，辽阔而深邃。我说不出任何话来，只有行走。孤独地行走。城市的钢筋水泥如同沙漠里的海市蜃楼，一转眼，都消失不见。

终于还是想起你来，无法避免，宛如一场宿命。

你在哪里？

曾经在这些琐碎的时间里，我想做一个时光的旅者。自由。漂泊。沉默。我写了许多飘零的句子，里面有若干失重的浪漫。生活的光线，都在我的文字里清楚并且分明。我以为幸福就是由这样一个个所谓的幻觉组成的。

我们在幻觉里浮沉，风景就会不断。

安妮告诉我远方会有最美的爱情。于是我从来不愿意停留在某一个固定的地方。可时光永远都像一个洞穴，我们看不到它的未来。也许穷尽一生，都无法找到它的尽头。

我去过一个地方，我又离开了一个地方；我去了另一个地方，我又离开了另一个地方。

在那些寂寞和不得不流泪的晚上，我渐渐开始明白了心底里最深处的收藏。它穿越漫长的思恋，让我感受到内心里的疼痛和忧伤。

你在哪里呀?

是我一不小心，把你遗落在了天涯。

回忆像一块红色的布，蒙住了我的眼睛。我看不见你。我的眼盲了。我只能在黑暗中回望你的表情。

你的睫毛很长，你的眼睛很晴朗，你看我的时候有那么多的隐忍和善良。

我记得那个阳光充沛的下午，我坐了一个小时的地下铁，到城市的另一端去看你。你穿着黄色的风衣，蓝色的牛仔裤，棕色的鞋子，你说你是一个渴望温暖的女子。然后你微笑，如夏花般灿烂。

那一瞬间，时间仿佛静止，再没有语言，却看见彼此干净的灵魂。

后来你一篇篇读我写的文字，用最专注的姿势。你说你相信那些文字都是有生命的精灵，你说在那些文字里听见了我内心里最纯净的声音。

它们是忧伤的，可是你说你喜欢。

在那个下着细碎小雨的晚上，我牵起了你柔软的手掌。你告诉我，你不会再让我孤单。我拢你的头发，你闭上眼睛。我们热吻。温暖芳香。

永远都会记得那个夜晚，在我凌乱的小屋里，你轻轻地熄了台灯。小屋的窗户不严，可以听见隐约的风声。我们拥挤在铺着蓝花床单的单人床上，彼此用赤裸的体温对抗寒冷。黑暗中我轻轻地覆盖你的身体，听到你灼热的呼吸。如同一场飞翔，感觉到新鲜与沉醉。

在这样一个瞬间，我把你当作我心头最珍惜的女子。

我是一个随性的人。一直都以为爱情是一个人的事情，爱了，珍存彼此；不爱了，就互道珍重。在这些奔波的年头里，我穿行过不同的城市和女人。像草原上穿梭的风，走过，不留痕。

可是我发现自己越来越寂寞，也越来越远离我的理想。

恰好这时候，安妮说："我们的爱情，之所以寂寞，只是因为找不到对手。"

现在，我总是一个人在黄昏里透过小小的窗户看远处孤独的楼群，它们笔直地矗立，分割着暮色里的天空。微凉的风轻轻地吹起自己的头发。楼下的小巷通向三环路。灯火通明的过街天桥上有甩卖鲜花的男子。我喝凉好的白开水。这是安静的时分，月光初上。

你在哪里?

你是否还会看见我为你写的文字?

梦流年　满池伤

颓败的花香，从风中经过，我举首痴尝，绵绵的秋殇，轻轻地唤醒午夜低唱的风铃，伴随琵琶笙箫，你的微笑沉浸在我忧郁的文字中，化作一席梦阑的夜霜，被蛰伏的心事深深收藏。

落英如雨的季节，凋谢的花飞过光阴的秋千，小院空径独留一抹暗香。你若堪比黄花瘦，竟载不动经年的孤独。

一夜琴弦断愁肠，长亭静寂无声响。

树下一方青石，丛中寻你芳踪。断翅的蝴蝶彷徨在青衫上，飞雪染白霓裳。月上轻梢，晓梦无痕，泛起千江之浪。

我们彼此记得或遗忘，夕阳下你的故乡和少年，是存于我梦中，渐渐老去的沧桑。

清风把明月藏，晚霞挂在飘荡的枝上。悠长雨巷，你撑一把油纸伞，缓步穿行，伞下纤纤十指，颤抖脉脉零落的情殇。

当你的背影划过我紧闭的窗，用千丈红尘衣你华裳。连绵细雨、梅子清香、古老传说、红颜入画，为我文字铺垫，流淌掩泪的伤。

蓦然回首，我的水中央，倒映不出明月洒下的霜。二十四桥的湖面上，兰舟画舫、琵琶声轻，弹奏岁月的断章。

泪光湿了衣衫，用青丝挽我心结；沉于水的丁香，勾勒你最初的模样。

隔一程山水，眺望薄雾笼罩的夕阳，心之所至，处处荒凉。酸涩的琴弦响，荡漾在心房，响成一片伤。

回忆如能下酒，往事便可成一场宿命的醉。光阴两岸、错落时光，竟不能一苇以航。

梦流年、满池伤，终究不能相忘。等岁月轻薄，等春光浮散，终究可以将你守望成最美的风景。

你快乐也是我快乐

听见冬天的离开，我在某年某月醒过来。我想我等我期待，未来却不能因此安排。

阴天傍晚车窗外，未来有一个人在等待。向左向右向前看，爱要拐几个弯才来。我遇见谁，会有怎样的对白？我等的人，他在多远的未来？我听见风，来自地铁和人海。我排着队，拿着爱的号码牌。我往前飞，飞过一片时间海。我们也曾在爱情里受伤害。我看着路，梦的入口有点窄。我遇见你是最美丽的意外。总有一天，我的谜底会解开。

——孙燕姿《遇见》

生活里充满了意外。

向左，会遇见一个人；向右，也会遇见一个人。

我想，也许他们根本就是同一个人。

偶然的机会，听到了孙燕姿的这首歌，有流畅的旋律与抒情的画面感，给我某种很直接的安慰，直入我心灵深处的空白地带。

其实每个人都在渴望一场美丽的相遇。

习惯了在地铁里和行色匆匆的人擦肩而过，也习惯了在机场和车站与陌生人交换眼神。可是，没有爱情。

一切都还没有开始。

日子是平淡的。

平淡到没有一点点波澜。

我总是可以听见自己心跳的声音。

很想打电话给一个人。

手机的屏幕上有蓝色的星球在孤独地旋转。

但是我没有说话的勇气。

在这一刻，我放弃了思考的能力。

总是陶醉在自我的文字中，即使倾泻出的只是静寂的伤痕。

在文字的世界里，我终于远离了现实的孤独。

枕着一个纯白色的名字，自己在虚拟的世界里真实地美丽着。

漂泊的另一种状态。

很喜欢身上的浅蓝色 LEVI’S 牛仔裤，于是狠狠地穿它。

旧了，就有模糊的痕迹。

还有淡淡的温暖。

不上班的时候，我会配上白色的帆布鞋和黑色的皮衣，包裹住身体，让自己在秋风里有自由的感觉。

再冷一点，还会系一条红色的羊绒围巾，围巾的下摆飘着几条流苏，沉浸在人海里，觉得甜蜜。

仍有一张青春的脸，我为此而骄傲。

喜欢秋天的太阳，还暖着，却再也没有招摇的光芒。

老 K 告诉我他要搬家了，从这里流浪到那里。我眯着眼睛笑。我们都是被放逐的孩子。

如果你明白了孤独的含义，其实睡在城市的哪一个角落里，并没有什么真正的不同。

想过一千次相逢的场面。

我在黎明的时候走出漫着雾的机场。天空的颜色是灰色向蓝色过渡的那种。

你就站在我的对面。

我看着你，眼泪就掉了下来。

你总说我像一个孩子，我就笑。

如果缺失了纯真，男人就少了几分最原始的可爱。

不是吗?

都市的钢筋水泥已经束缚了他们的想象力和创造力。

再失去纯真，世界将会多么无趣。

常常不是生活让我们变老，而是我们自己苍老了我们的生活。

我曾经无法看清，我奋力地去触摸那有刺的生命。

一场灵魂和灵魂、情感和情感角逐的游戏。

而游戏的背后，一切都会复原。

一直在听莫文蔚的歌。不算很好的嗓音，却有着无拘无束的情绪表达。

恰好，我很喜欢这种充满了个性的自我放纵。

《爱我的请举手》，一遍遍地听，渴望爱与被爱的女人。

原来再自由的心灵，也一样渴望遭遇爱情。

在青春变成鱼尾纹之前，在灵魂变成标本之前，我们都应该找到为爱而举手的人。

忘不掉的深蓝

你去上班了，我独自留在你的房间里。

我将你书架上的 CD 一张一张地听过去，好多陈奕迅的歌，循环反复，乐此不疲。忧伤、单纯、美好、追忆，不同的感觉，同样的心情。

悄悄地把一切属于我的回忆，收藏在心底最寂寞的地方、所有人都看不见的地方，紧紧地握住，直到鲜血淋漓，直到支离破碎。

可是我想，我依然可以对你微笑。

我在徘徊，我是一个寻爱者，一个失败的寻爱者，一个懦弱的寻爱者，一个即将被缪斯遗弃的寻爱者，我的手竟然开始颤抖。

抬起头看窗外，视线却被阻在室内，你的酒红色窗帘，那么暗，却又那么温暖，把我隔离在一个独处着，却并不属于我的地方。

我突然笑了，微笑着的嘴角映着一缕挣扎着闯进来的阳光。或许，这个孤单的弧线可以很美。

我沉溺在我的落寞中。

我想沉溺下去。

我不想出来。

我在等待某个人的拯救。

我的胸口闷得几乎说不出话来。

我终于承认，我在想你。

那一天，终于看见你站在我的面前，和照片里一样干净，笑起来露出好看的牙齿，我假装礼貌地上前拥抱你。轻轻的一瞬间，感觉到恒久的温暖。

很快，你松开了我。那一刻，我好想哭，努力地咬住嘴唇，微微地闭了一下眼睛。

点燃一支你的烟，其实我知道你是不抽烟的，所以在你面前我从不抽烟，只是微笑着看你，看你心疼的眼神，看那双我深爱的眼睛。

心在狠狠地抽搐，你看不见。

我记得你的北京，你是否还记得我的长安？

现在的我一个人呆坐在你的屋子里，呼吸你的气息。双人床上铺着橙色的床单，散发出一种诱惑，好像我对你的渴望。然后，我开始疯了一样的想你。

每一次想你，我的眼睛都是潮湿的，想念，潮湿，想念，潮湿，想念……永不停歇。

记得你曾写过："你永远也看不见我最寂寞的样子，因为只有在你看不见我的时候，我才最寂寞。"可惜这是你写给一个叫 SAMMI 的女孩的，而不是写给我的。

悲剧的是我却爱上了你，一个忧伤而优雅的男子。

我没有告诉你我爱你，只是因为我知道我不能爱你。你是否能感受到在地铁里时我对你的不舍与依恋？你是否能感受到我在阅读你文字时的悸动与欣喜？

我不想回到没有你的世界，在即将离开的时候，我低下头，眼睛里全是失落。

你看不到，我不愿让你知道。

我们不可能有交集，面对爱情，我输得一败涂地。

那天为你过生日，那是我第一次为你过生日，我们面对面地坐着，我努力掩饰着自己的想念，故意装出漫不经心的样子，不敢直视你的眼睛，只是一圈又一圈地用手指划过杯沿，你说你喜欢柠檬茶的味道，酸甜而微苦。我喝一小口，闭上眼睛，眼泪已经打湿我的眼睑，我慌忙转过头用手拭去那片潮湿。

你还记得我喜欢的柠檬茶?

我把红色 SONY CD 机的声音开得大一些，音乐充满整个房间，我安静地听，然后用橙色的被子把自己紧紧地裹起来。我觉得冷，冷得想哭。让我再哭一次，让我再用心想你一次，让我再沉溺进想你的哀伤，也许是最后一次，但请你可不可以不要忘记我。

我蜷缩在被子里用尽最后的力气哭泣，我想要耗尽我对你所剩下的所有的爱。

我会努力。

“你还是个孩子，我们只是相差十岁的朋友。”当你说出这句话的时候，我的心狠狠地疼了一下。宛如你写过的小说《疼》，我好喜欢那篇文章。

我端起眼前的柠檬茶，只是用唇碰触杯沿，我在掩饰，柠檬的味道在我口中只剩下了苦涩，我不想再在你面前哭泣。

不想，真的不想。

放下手中的杯子，杯沿上印出我红色的唇印，我抬头傻傻地冲你笑，在四目相接的瞬间，竟然内心有了短暂的温暖。

就算只是错觉，我也愿意。

最后一分钟，我轻轻地挽起你的手臂，踮起脚贴着你的耳朵。

我说："生日快乐！"

你说："谢谢！"

我说："我好想你。"

你说："好。"

我说："我好想你。"

你说："好。"

我说："好。"

说第三遍"我好想你"的时候，我已经哭了。

地铁里很拥挤，我们面对面站在靠门的位置，挨得很近，你的左手放在我的右肩，我低着头看地面，保持这个姿势直到最后一秒。

也许在我踮起脚的时候，我们应该吻下去。

可是没有。

努力维持彼此心中的净地，那一片忘不掉的深蓝。

碎

写在《碎》之前

“爱是一道燃烧得更加颓废也更加危险的火焰。有一天你会发现，你的内心会萌生出一种遭遇这种毁灭性激情的欲望。到了那时，你便不想把一切都留给自己了，你也不再希望爱情能给你提供一种更健康、更平静、更满足的生活，你只是想要存在而已。”

——马洛伊·山多尔

这是一个接近于真实的故事，主人公的原型是我的一个半熟朋友，把它写出来，并不是为了记录，而是想探寻爱与人性的逻辑关系。

故意选用了口语化的表达方式，迥异于我平素追求华丽的文风，是因为我想让它在形态上更加诚恳；选用了第一人称，撇弃了传统的叙述方法，是因为我想让它更具张力和冲击力。

如果我们能够在阅读中诞生一些思索，并且试图找到真相，这个过程也许会比爱情本身更让人迷恋。

碎

如果能够失忆

忧伤的雨夜，我安静地坐在窗边，看着雨水从天而降，仿佛在看一场怀旧的电影。我多想让雨水洗刷掉自己尴尬的过去，从此失忆，忘却从前。

我拿起酒杯，满杯的红酒一饮而尽。问君能有几多愁，欲语泪先流。

我望着镜子里的自己，有如花般灿烂的容颜，这是一件多么让人羡慕的事情，可是为什么我总想以泪洗面？

酒精依然无法麻醉身体，只是增加了胃的负荷，可是我不想停止。我想我肯定有了抑郁症倾向，不然怎么能够对自己如此残忍？

我听见窗外的雨下得越来越小，后来几乎无声，下得优雅极了。

童年

童年时，我留长长的辫子，瓜子脸形，喜欢在人群里跑来跑去，带着无邪的笑容，仿若公主一样的生活。

生活总是在某个不经意的时刻被打破平衡，有人瞬间让我感受到地狱般的痛，可我当时并不知道那会是伴随一生的灾难，我依然快乐地向妈妈索要棒棒糖。我没有觉察到天色的黑暗，也不知道妈妈在找到我之后痛哭了多久。我什么都不知道，我仍然甜甜地唱歌和跳舞，我是幼儿园老师喜欢的乖孩子，是同龄孩子嫉妒的美颜公主。

那年，我刚满四岁。

日子随着地球的转动而流逝，太阳也天天东升西落。我和其他孩子一样开始读书，认识的字也一天一天多了起来。上初二那年，在爸爸妈妈的抽屉里翻出那张纸以后，我从头到尾看了一遍，是爸爸的手迹，我看懂了纸上书写的内容。我并没有哭，十四岁的我居然像个大人一样沉稳，我把那纸折起来，藏在了一个带锁的笔记本里，然后锁进了自己的抽屉。

十四岁的少女拥有了属于自己的无法言说的秘密。

碎片

我偷偷地翻阅关于心理健康的书，认认真真地看，一直翻到讲抑郁症的那一章。内容很多，大概有十几页，我只记得第一段的开头说这是一种容易导致自杀倾向的心理疾病。我看了后心很凉，于是合上书本，一个人在城市的街道穿行。这个城市很干净，到处都是鲜花和霓虹灯，我漫无目的地走着，还看到了一只白色的猫，可很奇怪街上见不到什么人影。远处大厦的液晶屏上，我一声一声地数着，正好数了 12 下，难道已经午夜了吗？

我走到一个 7-11 超市前停了下来，打了个电话给可可，我说我今天不想回宿舍了，我会一直沿大路走下去。不等他说话，我就挂断了电话，然后关掉了手机。我把身上仅有的三枚一元硬币递给了超市收银员，换了一罐可乐，这下我也没有钱坐地铁回学校了。我还一直问她钱够不够，不够的话我可以用学生证做抵押。我掏出学生证，红色的封皮，打开后是一张我的一寸彩色照片，照片的一角盖着学校的钢印。

收银员连连摆手说够了够了，小姑娘这么晚了还在外面可要小心，现在社会复杂，注意别遇见坏人。面对别人善意的提醒，我却奇怪地问她："您看我像好人吗？我自己就不是好人，您说我还会怕坏人吗？"在收银员惊诧的目光中我转身离去，貌似很潇洒，但转过身来，我却变得很泄气。因为，我发现自己已经找不到所谓的路。

也不知道自己到底走了有多远，当我终于走累了的时候，在一个昏黄的路灯下面坐了下来，把可乐打开喝，冒着气泡的褐色液体钻进胃里，感觉到凉爽，掏出随身的玻璃镜，照了照，依然是那张忧伤而美丽的脸，但我讨厌自己的表情。

如果能够永远睡在自己的梦里会不会幸福？我想应该是的。这样想着想着就愣了神，手里的镜子掉了下来，啪的一声，摔得粉碎。

我拾了块碎片，放在头顶上看，那块玻璃碎片在路灯的照射下晶莹剔透地反着光，很美丽。伤感的人看到美丽的东西总是不禁会有眼泪，我也是。我告诉自己内心既然这么疲惫，那就干脆结束吧。于是我瞪大眼睛看着自己用那块美丽的碎片划开了白皙的手腕。

可可

可可是我的男朋友，谈不上特别英俊，戴一副无框的眼镜，瘦高个子，很有气质。他和我在同一所大学，同属一个学院，但却不同系。我学的是企业管理，他学的是工商管理。他喜欢边吃麦当劳的汉堡边读《IT 经理世界》，喜欢穿白色的修身衬衫和蓝色的 LEVI'S 牛仔裤。他酷爱计算机，能写几千行的应用程序代码，所以有时有些狂妄，不过我很欣赏他恃才自傲的样子。有一次可可在学校参加项目创新比赛，台上的他脸上洋溢着智慧和自信，像外国人一样边说话边做手势，身后的液晶屏闪动着巨大的 PPT，台下的观众掌声不断，那一刻，我才发现自己已经开始迷恋他。

可可追我的过程并非一帆风顺，先是频频地在我的微博里灌水，到处@我的同学，询问我的生日。其实，那时我们俩还没有面对面地说过话。有一天可可用自己编写的计算机程序越过重重障碍，捕获到我的 ip 地址，当时我正在学校附近的咖啡屋里给一个朋友过生日，并且还在微博上@他说：“请你以后不要来找我了，很烦啊，我妈妈说不准我在大学里谈恋爱的。”说完了这句话，我把手机扔在一边，开始全心全意地给朋友唱起了生日歌。正在准备切蛋糕的时候，门被打开，可可拿着一束玫瑰深情款款地走了进来。

可可后来告诉我，他一直记得我当时的样子，穿着淡青色的连衣裙，半长的头发，高高的个子，很温柔的表情，手里举着一把刀，对着一个巨大的奶油蛋糕微笑。

我开始并没有爱上可可，但也没有觉得他讨厌，所以就答应和他一起上自习、吃饭和逛街。可可总是很有风度，对我的态度也温柔，可后来同宿舍的小敏跟我说可可对其他人都不怎么好，总是很高冷的样子，只有在面对我时，才会变成一个不折不扣的暖男。

于是在第 N 条短信出现在我手机里的那个晚上，我让他牵起了我的手。他说他喜欢掌心对着掌心的感觉，他说牵我的手就好像他手掌心里的生命线重合了我掌心里的生命线一样，他说他能感觉到我的心跳和呼吸，他说牵手就是一种对生命的郑重承诺。瞬间，我忽然觉得被人宠爱的滋味真好。

我还没有告诉妈妈，就自作主张地爱上了可可。

梦魇

我觉得很痛苦，头疼得像要炸开似的。又是一个悲伤的夜晚，我满头大汗地从床上惊坐起来，想也不想就抱着头往墙上撞去，旁边被惊醒的辅导员抱住我说："冷静点儿，没什么，没什么，都过去了，都过去了，你只是做了个梦而已。"

辅导员是个刚从北京师范大学毕业的研究生，比我大不了几岁，因为和我很对脾气，所以相处得很好，平时总像个姐姐一样关心我。那天我跑到她的办公室，跟她说要休学一年。敏感的她在惊讶之余看见我游离的眼神，就留我在她那里住了下来。

接下来的一个星期我没去上课，躲在辅导员的小房间里蒙着头睡觉。其实我也睡不着，但我就是不想见人，也不想看到耀眼的光线。

直到第五个夜晚我再次被噩梦惊醒，我终于放弃了抵抗，抱着辅导员大哭了起来。我说，可可他不爱我了。辅导员摸着我的头发说："我早就猜到了，这点儿挫折算什么呢？忘记他吧，你要知道你是我们班最漂亮、最优秀的女生啊！”

我仰起脸望着她说：“老师，可是我有了他的孩子。”

脆弱的爱情

那天，可可在上海已经逗留了一个月。

在那之前我们经常吵架，原因是有一天可可许久没联系的初恋女友从上海写信给他，还写给他的妈妈，信的内容义正词言，俨然以可可的女朋友自居。当时我并没有在意，我相信可可一定是爱我的，我们的爱情坚固到任何外力都不可摧毁。

可是事情并没有沿着我的想象发展，自从可可的妈妈在某个周末突袭可可租住的小房间，打开门却发现一个她从未见过的女孩子正坐在可可的床上，一边看电视一边吃爆米花的时候，就开始对我充满敌意。

后来，像很多俗套电影中的情节一样，她拿着水果刀放在自己的喉咙上逼可可和我分手。

那时我常常看见可可憔悴的样子，心里很难受。在我很倔强地要和那个我称作阿姨的女人据理力争的时候，可可告诉我事实的真相却是他一直都还怀念着他的初恋女友。可可说在他追我之前，初恋女友提出和他分手，他承受了痛苦，尊重了那个女孩儿的选择，从此就没有再去找她，而后来他就遇到了很单纯很美丽很优秀的我。

我像一头发怒的狮子，咆哮着问他为什么当初不明明白白地告诉我我只是一个替代品？可可听了以后很生气，他提高声音说："我爱你都是真的，你为什么不相信我？每个人的初恋都是难忘的，你可否给我一段时间让我处理？"我看见他焦急的表情和布满血丝的眼睛，瞬间心疼起来，我说好吧，你如果爱我，就要让我做可可夫人。

后来所经历的一切就像是一场梦魇。我完完全全地变成了另外一个无法理喻的人。陷在爱情里的女人就是那么可怕。我开始在他的房子里进行大搜索，把找出来的那个女孩儿的照片、信件全都收集起来，装在一个玻璃罐里，还在罐口上贴上了封条，我开始关心他的每一条短信每一个电话，我甚至开始跟踪可可，在网上用他编写出来的程序破解了他的邮箱密码，去查他的每一封 Email。我费尽心思地做着这一切，我自己都不相信那是自己。某天，我看到了可可给那个女孩儿写的情话，他还说想和她一起去德国。我伤心极了，抱着一个枕头躺在床上哭了好久。

可可在使用电脑的时候发现了我的行迹，于是开始追问，我说出了我做的那些愚蠢的事，我说："可可其实我真的好怕失去你，但是我找到的东西已经证明我早就失去你了。"可可出离愤怒后终于平静下来，对着我说："你为什么变成这样，你知不知道我以前有多爱你？你知不知道我现在好累？"然后他就开始缄默，收拾了几本书装进随身的双肩包后走出了属于他的小套间。

我看着他离去的背影，知道他再也不会回来了。

我把门关上，静坐在一把木椅子上，失声痛哭起来。越哭越觉得委屈，越哭情绪越激烈，我终于忍不住了，起身把可可房间里能砸的东西都砸了一遍。难道，这就是属于我的爱情么？

爱情很脆弱，一点儿也不美好。

心理医生

我安静地坐在艾医生的对面，显得文静还有点腼腆。那天我穿了条粉红色的吊带长裙，出门的时候觉得肩膀有点儿暴露，于是在吊带裙的里面加了一件白色 T 恤。

这已经不是第一次和艾医生打交道了。他按照惯例，在我的病历本上写了些字，还问了问我的睡眠和精神状况。我说吃了那些颜色各异的药丸就只想睡觉，心跳也跳得慢，根本没时间胡思乱想。艾医生笑了，说这是目前市面上治疗抑郁症最有疗效的药。我一边玩着左手腕上那圈美丽的银手链一边反驳他：“可心病终需心药医，这些胶囊起不到根本性的作用。”艾医生没有再和我多说，只是叮嘱我按时吃药按时复诊。

我承认药物的确具有麻醉神经的功效，很多时候我都一直在睡觉和出虚汗，睡得很沉，不做梦。我觉得我快忘记所有的事情了，还觉得情绪在药物的控制下出奇的好。

我再去复诊的时候穿的是另一条蓝色的淑女裙，左手腕上依然戴着那条漂亮的银手链。我对着艾医生甜甜地笑，告诉他我再过几个星期就要进行毕业论文答辩了。艾医生笑着说:“恭喜你啊! ”然后他让我做一个测试。我独自一人坐在一个电脑前进行测试,全是选择题,内容基本上是询问在公众场合下我的一些习惯和想法。我老老实实地回答完,用鼠标点击了确定。几分钟后,艾医生把结果打印出来夹在我的病历本里还给我说:“恭喜你以后不用来找我了,也不用再吃药了,我想你应该好了。”艾医生握了一下我的手说每个人都会经历一些难过的事情,痛苦的时候以为整个天都会塌下来,可当你挺过来时,是不是发现天还是一样的蔚蓝和平静?我笑着回答说:“是啊,天还蓝着,我也还活着呢,谢谢你了,艾医生。”

我回到宿舍翻开从来未曾看过的病历,第一页密密麻麻地标注着很多人的字,结论是这样写的:患者 21 岁,女性,在校大学生,貌美,成绩优秀,重度抑郁,缺乏安全感,患得患失,有自杀行为和倾向,根据老师、同学的访谈和其自述,根源在于感情上受到打击,内在的潜意识源自四岁的一次意外失身,过分追求唯美,憎恨所有犯罪的、不负责任的行为,也包括自己……经长期药物治疗并辅以心理治疗，目前已痊愈。

我笑了笑，把病历本合起来，压在了抽屉的最下层。

赤裸

一直以来，我不习惯在其他人面前暴露自己的身体，我惧怕旁人看见身体隐密的部分。但是从医院出来的那天晚上，我第一次去学校的浴室洗澡。在浴室里我把水量调到最大，热水从头顶俯冲下来，打在头发上、肩膀上、乳房上，我立即沉浸在窒息的快感中。我忽然就变得很快乐，我恢复了，我还是我，所有的过去都随着这些流水一去不复返了。

走出浴室的时候，我把那条银手链重新戴上左手腕，正好遮住了那条丑陋的疤痕。

可是，这条疤痕什么时候才能完全褪掉呢?

逐渐愈合的疤痕

毕业的前期是我和我的同学们最紧张也最充实的一段时间，我成为我们系里的神话，短短几个月就攻克了因旷课而落下的所有课程，同时竟然还完成了校级优秀毕业论文。

我的事儿只有最亲密的几个人知道，辅导员替我隐瞒了下来，并且帮我联系好了苏州的医院，同屋的小敏把我送上飞机。

我从没有想过自己生平第一次坐飞机，竟然是带着我从未谋面的 baby，强烈的呕吐欲让我时刻感知她的存在。在飞机因上升和降落而出现的失重中，我顿悟人生不也是这样起起落落着，像乘飞机一样，经过漫长的跑道，穿过对流层，你终究会看到蓝天、白云、山川、湖泊，或者是万家灯火。可是每当我想到肚子里的生命还没有盛开，就即将凋零，内心里又会涌上来巨大的悲伤。也许，这就是生活，所有的痛苦与快乐会在某时，以出人意料的方式同时呈现。

毕业论文答辩的时候，可可从上海飞回来。他在一家德国外企做事，很顺心，拿着高额的月薪。我看见他在答辩的时候依旧神采飞扬，对答如流。还听说他在业余时间帮计算机系的老师做了一个教学软件，在市场上大获好评，卖了很多钱。可可曾经跟我说过他的理想就是要以非专业学员的身份在 IEEE 旗下的期刊上发表计算机类专业文章，他要做图灵奖的最年轻获得者。我丝毫不怀疑他能做到，因为他一直都在努力，为他的理想而奋斗，什么都影响不了他，他做的每一个决定都是为了迎接他的美好未来。

我在照毕业照的时候遇到了可可，我伸出手和他握手，他用握着我的手指轻轻地推了推我手腕上的银手链，那条疤就露了出来，痕迹还是那么深，可颜色已经有些淡了。可可说它快好了。我笑着说是啊，时间能够改变很多事情，包括伤口。

可可把我拉到他身边站着照相，他说："你那时好傻啊，你知道吗，我那天晚上找到你的时候你手上的血已经把你的衣服染成了红色。"

到底是他傻，还是我傻呢？在事过境迁时，已经无从分明。

可可当然不知道那天他抱着我飞奔着去打出租车的时候，他怀里抱着的其实并不只有我，还有一个幼小的生命。

不朽

在可可到上海的第二个月，三个多月的她安静地离开了这个世界。奇怪的是，那天我并没有哭。从手术台走下来的时候，一缕阳光从窗户外射进来，正好落在我的脸上，迎着阳光，我温暖地笑了。

记不清是谁说过，我们的心，早已遗失在繁花锦簇的段落。即使她从未睁眼，却已然不朽。

樱殇

【引子】

隔一首词的距离看你

樱花如雨

涓涓的思念　挂不住　美景江南

还有　要用一生担当的记忆

宋熙宁五年，我出生在杭州城简府里一个偏僻的小杂院里。母亲说，在我呱呱坠地的那一刹那，外面的天空被落霞映照得通红，所有的声响在那一刻倏然静止，只有门前的那棵樱花树如雨般地落下片片的花瓣，细细密密地铺满了一地。有粉红色的花瓣随着微风从敞开的窗户飘进来，缓缓地飘动，一直飘到我的脸上。我睁开眼睛，给了母亲一抹灿烂的笑容。母亲紧紧地抱住我说："女儿，你就是我的全部。"

江南的阳光温柔得像一首温润多情的词，总是那么妩媚与绵长，我沐浴着这样的阳光渐渐长大，从童真无忌到开始有了自己的心事。一直以来，我都没有见过我的父亲，也不知道我的父亲是谁。每当简府其他院落里的孩子在父亲的带领下去骑马或者乘船的时候，我都会被孤零零地留下。四周一片寂静，只有自己的影子在陪我。我失落极了，我也想要一个能带着我玩耍的父亲，于是我一次次地向母亲追问。每次我问及母亲这件事情的时候，她的眼神总是显得很慌乱，口齿也变得笨拙起来。母亲心有戚戚地说，在我未出世的时候，我的父亲就被充军征战边疆去了，尔后便再没有了音讯，或许早已战死沙场了。我就是他的遗腹子。

天生聪慧的我并不相信母亲所说的话，但我也不忍心再去向这个善良的女人刨根问底。我知道，也许埋藏在她心底的秘密会如同远方的大海一样深远，一样忧伤。

母亲从小就在简府长大，原是简老太太在街头散步时路遇的弃婴。因她面容生得好看，且眼神明亮洁净，老太太十分喜欢，便命丫环抱回。待长到十五六岁时，便跟了简老太太，做了随身的侍人。虽然不及几位小姐的荣华富贵，但也饱食暖衣，生活无忧。只可惜好景不长，待简老太太一过世，简夫人当家后，母亲便被赶到厨房，做起了生火做饭、打扫卫生的粗活儿。生性隐忍的母亲并没有叫苦连天，只是静静地做好分内的事情，依着自己的节奏生活。母亲唯一的快乐来自于我，只有她抱着我的时候，脸上才会露出美丽的笑容。这种相依为命的感觉让我感动，也让我满足。我默默地对自己说，我只要母亲过得幸福。

简家在杭州是经营药材的大商户，五代朝贡，再加上简老爷精通国术，又好施善医，在全城百姓心目中口碑极佳，因此简府在杭州城虽不及皇亲国戚、官宦人家，但也是有名有势，家境殷实。母亲自幼无名，入简府后便随了简姓，而她却偏不让我姓简，只叫我樱儿。记得有一次，母亲紧紧地抱着我，嘴里喃喃地说着："樱儿，你一定要记得，千万不要和简家的任何人产生感情。长大后，你要离开简府，离得远远的，永远不要回来。"我茫然地看着母亲的脸，她的泪珠儿像雨水一样，连续不断地滴落在我的白色衣襟上。我的心开始莫名地疼痛起来。我抬起手去抚摸那些温热的水珠儿，使劲儿地冲着母亲点头。这时候院子外忽然飘来一股桑葚的清香，于是我便有了一个和简家没有任何关系的名字——桑樱，一个美丽得让人心碎的名字。

第一次见到枫书的时候，是我 12 岁那年的冬天。而在此之前，那个小杂院，那棵樱花树，那几只在屋顶踮着脚尖来回走路的小鸟，就是我生活的全部。我常常会坐在屋前的台阶上，抬起头看着头顶的天空。我极力地想象着我出生时那片红色天空和那些像舞者一般细碎而哀伤的花瓣，可是一切都是徒劳。在我的记忆里，天空永远都是灰色的，没有一点生气，也看不到晴朗。寂寞的我时常会感到有一个浓重的影子在跟随着我，让我尖叫着从窗下的一个柱子转到另一个柱子，而我却找不到它。

那一天，禁不住我的纠缠，母亲终于答应带我去集市购货。临行前，我对着铜镜乖巧地把自己的头发绾成了两个髻，并尽量让身上的红色旧花袄看上去更妥帖一点。在我的内心深处，我隐隐觉得，这将是我生命里的一场盛宴，它将会给我的灰色天空涂抹上浓重的色彩。

那天的天气真的很好，有爽朗的阳光和纯白的云朵，空气中到处飘荡着炒米糖的香味。我紧紧地攥着母亲的手，睁大了眼睛好奇地东张西望，生怕错过眼前的每一个细节。杭州城宽敞繁华的河坊街上到处都是人，他们有的在大声地叫卖着，有的在高谈阔论，脸上均有着平淡而幸福的表情。我兴奋极了，脸颊通红，像是刚被摘下的苹果，手心里早已被汗水湿透。

路过一个小摊铺，母亲买了一个彩球给我。那是一个用七彩织锦编织而成的小球，颜色鲜艳，握在手里能感觉到丝缎的光滑。我很喜欢，低着头拿在手里不停地把玩，甚至忘记了身边事物的存在。一个不小心，我被旁边的人撞了一下，手里的球跌落在地上，并顺着街道骨碌碌地直往前滚。我有点儿慌神，朝着球就跑了过去。此时，一辆马车疾驰着向我奔来，一转眼就到了跟前。我顿时呆立在那里，忘记了叫喊和哭泣。恐惧感像潮水一样将我包裹，我能清晰地听到自己

的心跳声。就在这电光火石的一刹那，我感觉一双强壮而有力的手将我紧紧抱住，并顺势躲过了马车，稳稳当当地站在了街边。

四周仍是那样的喧闹，阳光还是如此温暖地照耀在每个人的脸上，所有的一切并未因刚才那紧张惊险的一幕而有所改变。我仰起头，看到的是一张年轻而充满朝气的脸。他的眼睛是如此明亮，迎着它能感觉到一阵和煦的春风将你轻轻包裹，让心温暖而平静。他对我微微笑着，然后轻轻地将我放在地上。月牙白的长衫映衬得他的身体越发修长而挺拔。

母亲迎了过来，额头上早已布满了密密的汗珠。她一手拉过我，跪倒在少年的面前："樱儿，快来磕头，谢过枫书公子的救命之恩。"少年忙不迭地将我们迎起，满含笑意地说："大妈，快快请起。你我本是一家人，此乃举手之劳，何足谢字。只是樱儿妹妹，以后走路要多加小心。"说完，便携着书童向前方行去。我望着他远去的背影，久久说不出话来。

后来，我才知道那日救我的白衣少年原来就是简府的三公子，名唤枫书，长我五岁。想不到我们同在一个屋檐下生活了十几年，却无缘谋面，而恰巧在此时此地，却又不期然地相遇了。命运真是很奇怪的东西，如同一条笔直的坦道，偶然的一个转弯，便牵扯出不同的风景。

很多年以后，当我长大成人，枫书总是乐此不疲地重复着这样的一幕。他紧紧地把我抱在怀里，将脸依附在我的耳旁，柔声地说着：“樱儿妹妹，你知道吗？在我第一次见到你的时候，我就知道你就是我要找的人。你的眉目，你的嘴唇，你的脸颊，就像是我梦境里的伊人。在我轻触到你的眼神的时候，我听到心里有咔嗒的一声细响，那是我的心门之锁被你打开了。你当时是那么小，但依然挡不住我对你的爱恋。于是，我在等你，等你长大，然后娶你做我的新娘。”我转过头，静静地看着他，幸福霎时将我淹没。我们十指相绕，彼此暗许要一生一世也不分开。

不知道是有意还是无意，自从那次意外邂逅，枫书就会经常借故来到我住的小杂院里。他有时说是替父亲来看看，有时说是肚子饿了来找点儿吃的。看着他莽撞地在院子里走来走去，我总会在一旁痴痴地笑，这时他也会看着我眯缝起眼睛呵呵地笑起来。笑归笑，但我依然会恭敬地称呼他为枫书公子。趁我母亲不注意的时候，他会伸出手来在我的鼻子上轻轻地刮一下，然后小声地说："以后，只有我们两人在的时候，你就叫我枫书哥哥，我就叫你樱儿妹妹，好吗？"我歪着头，眨巴着眼睛，好像在思索一样，然后很肯定地使劲儿点点头。

就这样，我们在隐蔽的交往中快乐地成长。枫书会在空闲时教我念唐诗和宋词，并在开满樱花的小院里舞剑给我看。随着年岁增长，他的身姿越发挺拔，眉目间流露出的勃勃英气，让人不由得喜欢。文武双全的枫书为简家争得了不少面子，因此他深得简老爷宠爱，凡事都以他为先。而我，却也似这樱花一般，粉嫩娇艳，一汪秋水映照着心里的澄静。我的面容也和母亲越发相似，窄额黛眉，瓷鼻薄唇，举手投足间的柔弱也引来怜爱无数。

枫书的母亲就是那个极严厉的简夫人，她面容虽然端庄，但眉宇间却隐隐透着冷僻与威严，有点儿不怒而寒。每次见到她，我的心都扑通扑通地乱跳，头都不敢抬一下。记得十岁那年，我耐不住寂寞，偷偷溜出了小杂院。正当我左顾右盼之时，一不留神脚底一滑，把路边的一株正开得茂盛的兰花压倒了。而此时，简夫人正好经过，见我一脸狼狈，眼里的怒气像被点着的火把似的立即蹿了起来，忙询问身边的婢女，这是哪里来的孩子。婢女战战兢兢地答道："是厨房阿妈的女儿。"只见简夫人鼻孔里轻哼一声，两眼睥睨扫了我一眼，嘴里飞出一句："哦，原来是那个小贱人生的野种。去厨房把她给我叫过来。"母亲跌跌撞撞地跑来跪在一边，身子在不停地抖着。简府的下人都知道，做错了事是要受到简夫人严厉惩罚的。简夫人站在高高的台阶上，语气冰冷地对着母亲说："你女儿不守规矩，犯了府里的规矩。念其少不更事，我不罚她，她的错由你来代过。来人啊，拿鞭子来，给我狠狠地打五十下，看你以后还敢不敢任这个野种到处乱跑。"

夜晚，借着昏暗的灯光，看着母亲身上那一道道伤痕，我的心像被刀剜一般。我扑在母亲的怀里泪流满面，嘴里一遍又一遍地说着："母亲，是我错了，是我错了。我再也不乱跑了，再也不让你受罚了。母亲……"母亲脸上泛着一丝苦笑，抚摸着我的头说："樱儿，这就是我们的命啊。母亲不怪你，只要你听娘的话，长大后离开简府就好。"我擦去泪水，拼命地点着头，表情坚定。自此以后，没有母亲的交代我从未离开过小院一步，而我也对简府逐渐怀有一种说不出的厌恶。只有枫书除外。在我的心中，他仿佛不是来自简府，而是来自遥远的天边，像个卫士一样守护着我。

熙宁十八年的春天，天像破了个洞似的，没命地往下灌水，整个杭州城被笼罩在水泽之中。每个人脸上都有隐隐的不安。而我和枫书的交往终于被简夫人得知，我们无忧无虑的生活也从此被打破了。

那日黄昏，我立在窗前看着漫天的雨丝，心里有着说不出的惆怅。想着枫书已有很久没有来看我了，不知道他现在在干什么呢，有没有在想我呢。而我却不知此刻在简府里正上演着一出翻天覆地的大变故。

宽敞的厅堂里灯火通明，简老爷和简夫人端坐在正前方，下人分列两边默不作声，而枫书则低着头跪在厅堂中间。屋里死一般的寂静。是简老爷打破了沉默。他轻咳一声，拈了拈额下的长须和善地说："枫书，你是我们简家的三少爷，有名望有地位，难道就没有一个名门闺秀能配上你吗？何必为一个丫环跟你母亲斗气呢？这种事，转过头就能忘记，何苦要放在心上。听你母亲的话，早早和她断了。明日，我就向城中苏家提亲，定让你和和美美过上好日子。"枫书抬起头来，眼神满含坚定，一字一句地说道："父亲，母亲，你们就成全孩儿吧。孩儿是真心喜欢樱儿妹妹的，我们两人是两情相悦。除了她，孩儿谁也不娶。"只见简夫人拍案而起，指着枫书破口大骂道："你这个孽子，我平日怎么待你，到如今却只会与我作对。你与谁人也罢，偏不能与那贱人所生的野种在一起，万万不能。你若非要逆道而行，我就将你锁在家中，关你一年半载，再将那野种卖掉，看你能如何。"此时一旁的简老爷默不作声，脸色变得刷白。枫书噌的一声站了起来，脸上没有一丝妥协的神情。

第二天，简夫人就托媒人说好将我许给城东刘府做偏房，三日后过门迎亲。得知此消息后，我扑倒在母亲的怀里痛哭。母亲一遍一遍地抚摸着我的长发，嗓子早已干哑。是夜，我眼含泪水进入梦境。梦里窗前的那棵樱花树如雨般地落下花瓣，而天空又再次泛出奇异的红色。枫书将我抱在怀里，沐浴在这霞光和花瓣之中不停地旋转，旋转，仿佛时光就此停顿。恍惚中我似乎听到枫书急切的呼喊声，贴着我的耳边，是那样的近，以至于我能感觉到他的呼吸。我猛地睁开眼，昏暗的夜色中，枫书的面容是如此真切地出现在我的面前。我颤抖着去抚摸他那被泪水打湿的脸颊，手指间的温热让我的心裂成了无数的小块。我猛地扑在他的怀里，哽咽着说："枫书哥哥，不要丢下我，不要让我嫁去刘家。我要和你在一起，我要和你在一起……"枫书的手仍是那样有力，他紧紧地将我揽在怀里，下巴抵在我的额头上，用他低沉而坚毅的声音跟我说："樱儿妹妹，我偷跑出来就是要带你走的，就算是跑到天涯海角，我也不在乎，只要有你我就会满足。快跟我走吧，不然被他们发现了就跑不掉了。"趁着夜色，我们一直向西跑，也不知道跑了多久，直到我们筋疲力尽。

天色逐渐放亮，我们依偎着靠在一棵树旁歇息，虽然神情疲惫，但仍掩饰不住我们重逢后的喜悦。枫书从随身的包袱里抽出一支绿色的笛子来，轻轻地凑到嘴边，忧伤的旋律就如丝如扣般地在天空深处悠然响起。乐曲的转承起伏之间，流露出的是一股深深的惆怅和悲凉。我侧过头来问枫书："枫书哥哥，这是什么曲子啊，我怎么从来没有听你吹过？"枫书仰起头望着远处灰蒙蒙的天空说："这本不是一首曲子，只是我有感而发的即兴之作。樱儿妹妹，不如就把它称为《樱歌》，算是你我之间的暗记。倘若不幸，你我分离，在奈何桥上我将吹奏此曲等你，以作我们相认的记号。"言毕，枫书深深地叹了一口气。

我倚在枫书的肩头，抬头望着他那张俊朗的面容，心里有种说不出的怅惘。而枫书此时也低下头来，眼神里尽是怜爱之情。四目相对之时，我的心柔软无比，似那娇嫩的花瓣，轻轻地触碰就会渗出汁液。枫书将他丰厚的唇贴在我的唇上时，我缓缓地闭上了眼睛。我是你的，我要把我的一切都交给你。即使不能长相厮守，我也要在我的身体上烙上属于你的痕迹，那个属于樱花的痕迹。在我闭上眼睛的那一刻，我看见天边有一抹奇异的红色，慢慢地蔓延。

我们漫无目的地奔跑，终于避开了简府追踪的人马，在一个依山傍水的小村庄里落了脚。凭着枫书从家里偷拿的银两，我们也能够安稳地过日子。脱离了那个倍受压抑的地方，我和枫书像两株奇异的植物，透出了无比强盛的生命力。在很多个这样的夜晚，枫书抱着我坐在院子里的石凳上，用他的脸颊轻轻地摩擦着我的额头，那丝肌肤带来的温度，如流水般汩汩地涌入我的心头，让我感到无尽的幸福。枫书一直重复地说着："樱儿妹妹，我要好好地照顾你，直到我们老去。"

在得知我有了身孕的消息后，枫书兴奋极了，他一把抱起我在院子里不停地旋转。我的发髻掉在了地上，长发散开来，像一只美丽的蝴蝶。我在旋转中轻拍着枫书的脸庞。枫书的嘴角挂着笑意，眼里泛着一丝明亮的光，似乎能穿透我的身体，轻触到我的心脏。我深深地低下头去，亲吻着这个疼爱我的男子，这个要照顾我一生一世的男子。

III

平淡的日子如流水般划过，不知不觉中已悄然过去了三个月。在清明节之前的一个晚上，我突然梦到了我的母亲。在漆黑如墨的背景里，母亲站在一束淡蓝色光中央，她的脸异常苍白，只是眉宇间仍有我熟悉的关爱。我向她奔跑过去，想要像儿时一般扑到她的怀里。可是任凭我怎么奔跑，我与她仍隔着那么一段距离，无法逾越。母亲轻唤着我的名字，她说："樱儿，你一定要记得，千万不要和简家的任何人有感情。长大后，你要离开这里，离得远远的，不要回来。"我跪倒在地上，声音嘶哑，脸上早已满是泪水。忽然之间，母亲消失不见。

我蓦然惊醒，此时窗外却飘起了蒙蒙细雨，如梦似幻。我失魂落魄地冲出门去，在泥泞中一次次地跌倒又爬起。我不停地呼唤着母亲，声音在空旷的田野里显得单薄而无力。身体里似有一丝东西在逐渐抽离，我开始剧烈地颤抖起来。枫书追过来，在雨中紧紧地抱住我。空茫的天地间我们是两粒相依为命的沙粒。

我对枫书说，不管未来发生什么事情，我必须回去。我想要见到母亲。枫书眼神坚定，冲我点了点头说："樱儿妹妹，不管发生什么事情，我都会陪在你的身旁，不会走远。"

三个月后，我和枫书又回到了这个家里。所有人都目瞪口呆地看着我们，眼神里包含了太多复杂的神情。我发了疯般地奔向我曾住过的小院，嘴里大声地叫喊着："母亲，母亲……"可是再也没有人来回答我。整个院子里除了沙沙的雨声，再也没有其他声响。我推开门，屋子里空荡荡的，只是正中央摆放着一块灵位。我顿时晕厥过去。

母亲自尽身亡了，我不祥的预感被证实了。在我和枫书私逃后，简夫人带着一帮家丁要找母亲替罪。面对简夫人冷漠的眼光，母亲面容淡定，她轻叹一声："一切都不过是一场孽缘，所有的罪，都让我来偿还吧。"然后引剑自刎。

我将自己关在母亲住过的小屋里，除了枫书每天前来探望，给我送些饭菜茶水，并无人来扰。我静静地坐着，任凭泪水如决堤的潮水般不停地流淌。我的心已片片碎裂，再也没有什么能让它完好如初。我悔恨我自己。在替母亲整理遗物的时候，竟在她的枕下发现了一封书信，信封上赫然写着：樱儿启。这么多年来，我竟未发觉母亲识字。

樱儿：

母亲早知会有这日。如能以我之死，换你幸福，定也无妨。

你阅启此信时，或我已不在人世，未能再与你相伴共眠，心有不舍，还望你不责怪为好。我一直叮嘱你，不要与简家人产生感情，实属无奈。现如今，我也无须隐瞒。

我本为弃婴，幸得简老太遇见，才得以安身立命。后随其左右，饱食暖衣，生计无忧。待到十六岁某日，在荷塘游玩时不幸落水，却被正巧经过的简老爷——简生搭救。为答谢简生救命之恩，我遂精心服侍简生，不料日久生情，竟与简生相恋。他教我读诗识字，弹琴作画，虽暗地行事，却也快乐无比。只是此事终被简老太得知，因门户之见，以之为简门耻辱，并欲将我撵走。后经简生恳求并立誓不与我来往，即刻娶妻生子，才保得我于简府存有立足之地。而那时，我已怀了你。其后几月，简老太病逝，家权由新过门的简夫人接管。简夫人悉听得此事，便处处为难于我。但她只知我们有来往，却不知我已有了简生的骨肉。为此，我忍气吞声，只想将你抚养成人。后来，我谎称与府外某男子交好，怀上身孕。后其征兵远赴沙场，生死未卜，便落得我在外偷人生下野种的破烂名声。但这一切，我都无妨，只想将你抚养成人，离开这里，去寻得一片安宁。但是，却终究还是没有逃脱命运的安排。简枫书却是你同父异母的哥哥啊！

樱儿，母亲连累了你。还望你能阅知此信，与枫书分开，一人远赴天涯，你们各自找寻自己的幸福。

母亲字

读完信，我整个人呆立在那儿，胸口像是被重物狠狠地击中，眼前一片漆黑，我真的不敢相信我所看到的文字是事实。这怎么可能呢，自己深爱的人却是我同父异母的哥哥，命运竟和自己开了这样的玩笑！低下头，我看着自己微微凸起的肚子，那里原本孕育着一个鲜活的生命，他是我和枫书爱的结晶。而此时，他忽然变成一个噩梦，让我手脚冰凉，让我像疯子一样失控地尖叫起来。

我眼神呆滞地走出了小屋，手里拿着一条雪白的长绫。外面淋漓的雨奇迹般地停了，天空似被烧着了一样，显现出一种奇异的红色，如鲜血般浓重地打在我的眼底。那棵樱花树被雨水冲刷过后，更加妖娆和鲜活，细碎而美丽的花瓣雨丝般密密地洒落下来，将我包裹。我的心里一片宁静，好像虚无的大海。我仰起头，将白绫结在樱花树上，那个美丽的结系着通往天国的路，在那里我可以和我的母亲相遇，并且一生一世再也不分开。

我回头看了看这个熟悉的院落，然后对着枫书住处的方向默念着："再见，我的枫书哥哥。不管我走得有多远，不管这条路有多么艰难，奈何桥上我会等着你的。"

在我闭上眼睛的那一刹那，我听到了一首哀怨缠绵的曲子，是那样的熟悉，让我恍惚回到了那个心醉的夜晚，我靠在枫书的肩头，他为我吹奏这样一首叫《樱歌》的曲子。而此时，透过这悲伤的曲调我听到枫书撕心裂肺的呼叫，近在耳边。而这所有的一切对我来说，仿佛是那么的遥远，已在尘世之外了。

你一定和我有关

只想用最快的速度靠近你

触摸你的呼吸

怀着探索的勇气

祈求你的一次回眸　一次默许

爱我如初

沉睡的夜
被涌动的激情唤醒
在生命的轮回里
寻找光明

黑色的眼睛
瞳孔里燃烧的星星
纠缠在时间里
想象无数种可能

仿佛等待了千年的树
一瞬间开出繁花
仿佛沉默了许久的湖水
爆发出最强悍的声音

这是第一次
在人潮中抒情

这是最后一次
发表爱的证明

想画出遥远的风景
想聆听重叠的脚步声
想感受缱绻的呼吸
想记取眉目流转的风情

如果可以
等到希冀的春天
我会蛰伏在你飞扬的裙角
静静地听你说
那句　爱我如初

如果爱你

初次见你
三月的脸
掩映在寂寞的百褶裙中
结成一树靓丽的杜鹃

从此　我的心里
没有了黑夜与白天
从此　我的眼中
注满不知疲倦的思念

如果爱你　可以爱很多年
我宁愿封存　思念你的每个瞬间
在寂静的角落里
在城市的边缘
灯火阑珊处
听取痴心一片

所有流离失所的梦啊
可不可以都留给昨天
和那些虚度的时间
而我
终将在你的怀里
沉默无言

暧昧时光

那一个瞬间，我觉得自己依旧是不善表达的少年。站在内心一个八面临风的位置上。试图确认自己。优柔寡断。他说。

——安妮宝贝《二三事》

常常在夜半醒来，拉开阁楼上的天窗，一束冷冷的月光照射进来，像一把剑。回身看你，侧卧的你呼吸如海，一脸酣睡的恬静。我俯身去吻你的眼睛，看见你长长的睫毛，在黑暗中发出奇异的光泽，有倔强的美丽，你却浑然不知。

夏天来得早了。五月刚过半，空气中已有恼人的闷热感，引人烦躁。而随着气候变化的，竟还有自己的情绪。不知道自己是怎么了，仿佛迷路的孩子。身体摇摆，找不到通往光明的出口。四周一片漆黑。我有些恐惧，可是我喊不出来。你的脸，你的身体，背对着我。

窗台上的白色花盆里，绿色的植物已经枯萎。在一个阳光灿烂的午后，我把它连根拔起，放进了墙角的垃圾桶。有些事情，有些东西，总会成为过去，然后被遗忘。也许爱情也一样，可是我是那么想留住它。一个人的时候，我总是习惯用自己的左手握住自己的右手，然后放在唇边。脉搏温暖地对流。我以为这就是爱情的滋味。人常说十指连心，我信。心手相连，一吻定情，直抵灵魂的感觉我很喜欢。

想起了去年冬天，我在遥远的南方城市，默默守望一个女孩子的身影。我为她买长长的棉麻围巾，是温暖的粉红色。我想象她戴着这条围巾，穿越灰色的北方城市，穿越寂寞的人群，穿越寒冷的飞雪，穿越所有的忧伤。她迈着轻盈的脚步来吻我的眉心。红唇轻触的刹那，温柔如水，连时间都化了。

很轻易地在电脑中的文档里寻找到你，记忆也回到我们最初相遇的地方。穿着黄色连帽背心的你。穿着红色风衣的你。微微转身的瞬间，在我的相机镜头里记录了一串串美丽的影子。我在文章里写下这样的话："一个混合着忧郁气质与温柔情怀的魔力女生。坦白着我们所虚伪的，简单着我们所复杂的。"让我欢喜让我忧的女子，请拥抱我，给我你的体温。

偶然在网上看到一个名叫"蓝色树"的摄影师，我喜欢他的作品。每一幅图像都沉浸在一种奇异的氛围里，逆光，淡淡地泛着冰冷的绿色。一个留长发的女孩子，脸上有明显的痣，在他的镜头里暧昧地成长。时光如水。用镜头来把它静止。舍去了虚幻，我们找到真实。也许，这就是艺术终极的魅力，在用尽所有的表达形式和技巧之后，创作者袒露了最原始的欲望和激情。

好像很久都没有像样地写字了，我甚至有些怀疑从自己手中流泻出的一个又一个文字符号，怀疑它们的质量，怀疑它们能否以一种坚硬的姿态进入阅读人的心灵。我总是希望自己的作品能够多一些张力和责任感，而每每动笔，却又被惯性推翻。很多人都在我的文字里感觉到孤寂，那些安安静静的文字，埋伏在白纸之中。大雪茫茫，一片无声。有人告诉我，寂寞不是生活的全貌，阳光、掌声、鲜花、比基尼、哈根达斯、东方新天地……千姿百态，无穷无尽。爱情也是这样，有高潮有低谷有承诺有谎言有百年好合有天涯陌路。反反复复，一场又一场的轮回。也许这更接近事实，可是我却依然愿意守护自己喜欢的那一份纯粹。文字华美，却要不张扬。隔一层透明的玻璃，看见皎洁月光。生活百态，万变也是寻常。

在博客上看见从前的女友，新发了一行灿烂的文字：“两个人的牵手，一辈子的幸福。”她刚刚领取了结婚证书，爱的光辉下，心情无限好。我没有和她说话，让沉默作为祝福，无声胜过有声。我把手插进牛仔裤的兜里，手指触摸到两枚硬币，感觉到金属的清凉。忽然想起自己写过的小说《疼》的结尾：“我听见硬币跌落的声音。苍凉，疼，一如我的爱情。”

一直以为，有关爱情的救赎，靠的是心灵的力量。我想我不会忘记，某个寒冷的凌晨，我浑身颤栗地牵住你的手，你看着我的眼睛，充满期待。在这一刻，我以为，遇见你，我再也不会哭泣。一切的美好，会从那一天开始。手里的iPad播放着陈可辛的电影《如果爱》，我是如此喜欢。周迅的表演让我震撼，瘦小的身躯把爱之无奈爱之挣扎爱之渴望诠释得淋漓尽致。没有爱情能够抵挡世间的苍凉，也没有爱情能够叛离彼此的内心。冷眼旁观时，都会为电影中的情节微笑或者流泪，而当你身陷其中，又如何能置身事外。

对着镜子，静静地看着自己的容颜。你告诉过我，亲爱的，你的眼角有了皱纹。浅浅的，如同蜿蜒的海峡，证实着岁月走过的痕迹。我戴上硕大的耳机，请给我一个独立的空间。让音乐来得更猛烈些。花儿乐队还在“洗刷刷”，那个自命不凡的少年韩寒，也唱出了《十八禁》。声音轻浮，低吟浅唱。

这是一个暧昧的世界，人声嘈杂，光怪陆离，但背后，原来却是那样的落寞。

风吹麦浪

送给心目中最好的歌者——李健先生。

风吹麦浪是少年时被雨水淋湿的白衬衫，褶皱的地方贴住了身体，一丝微凉，几分忧伤。在漫天的潮湿中你抬起眼睛，世界一片纯白，无限接近心底最喜欢的颜色。

风吹麦浪是夜深的时候，独坐在石阶上仰望天宇。那幽蓝幽蓝的天，衬着星星金黄金黄的寂寞，诉说嫦娥守望了一千年的秘密。冷冷的月光下看见自己狭长的影子，似乎那么熟悉，却永远没有重合的可能。

风吹麦浪是后海游船上女孩弹奏的琴声，声声入耳，伴着清凉的晚风，轮回了多少往事。此刻或许连血液都已凝结，点点相思，就生长在这水旁，随着时间渐渐地年华老去。

风吹麦浪是静寂的长廊里传来的脚步声，如从地平线逐渐升起的朝阳，又如清风拂过时浮荷的轻颤。你踏着不变的步伐，穿越凌晨的黑暗，在空旷无人的大街上，告诉自己说，我长大了，我很勇敢。

风吹麦浪是失恋时内心里钝钝的忧伤，无处躲藏。爱情如同潮水，在激情后褪去了最初的光芒。世界忽然冰冷，再也没有人陪你去人来人往的游乐场。这该死的温柔，是丝是缕，终究还是化成了尘土。

风吹麦浪是你突然经过的某个地方。短短的一瞬间，你感受到月光宝盒般的时光流转，你见到了记忆中的童年，你见到了曾经靠在你怀里的女孩。她们在瞬间消失，她们在瞬间回来，回来后又消失。你觉得一切都是那么近，可一睁开眼睛，又觉得她们是那么的遥远，纠缠在回忆里，心底留一片空空的寂寞。

风吹麦浪是李健歌声里的晴朗。那时的故事，记忆里的麦田，一如既往。他是浪漫的诗人，他是逆流的歌者，他带着我们走入一片世外桃源。那里，桃花正开，湖水正滟。

渐渐

透过磨砂玻璃看你
眼睛被雾蒙蔽
被容纳的允许
闪烁偷窥的唏嘘

一如恍惚的身躯
零落在风中
往事被时光裁剪成泥
用拥抱的姿态
守望清凉的夜晚

让沉默如谜的呼吸　浸入大海
把剑胆琴心的诗情　留在心底

远处传来一首忧伤的情歌
如同一个难解的咒语
旋转反复

不曾散去

渐渐　渐渐
想要告诉你
我仍然站在这里

可以收藏的美好

像一把横空出世的剑
亮得没有颜色
在无诗的夜晚
告别繁花似锦的盛宴

不记得陈年黄酒的香
以及丰盈的晨星
有如水的月光
潜伏在曲折的记忆里

梦境逐渐被现实漂白
疼痛不时发生
许多与爱有关的美好
顽强地存在
并且恒温

偶像

我是如此想要忘记你
就像你想不要老去一样
可是我办不到
只想用最快的速度靠近你
触摸你的呼吸
怀着探索的勇气
祈求你的一次回眸　一次默许

我是如此想要告诉你
就像你想要更美丽一样
即使路途遥遥
难以触及你的身体
我的血液仍然急速铺张
在蓝色的天空下
一览无余　无处躲避

我们所走过的路途

有跌宕起伏　有疼痛崎岖
始终充满瑰丽
你像个谜
影子随时光缓慢地漂移
我愿意
努力地记忆
忘我地寻觅

你不会匆匆老去
你会被岁月雕琢得更加美丽
你会主宰一切
你会呼风唤雨

我站在偏僻角落里
如同一个害羞的孩子
远远地注视你

用尽了力气

欣赏

然后　写诗给你

Zhaolele

恋爱的季节

——写在情人节

我们相爱
爱飞鸟　露珠
爱幽静的街道
以及风化的岩石

爱时光碎裂
爱大海涛声
爱墙角的蔷薇
爱黑暗中燃烧的火焰

二月
冬是春的前奏
冬已不再悲伤

二月
爱比不爱不朽

当忧郁的眼神漫过记忆的围墙

向南眺望
林影绰绰
我掩面在书墨的香气里
饮友情的温柔

十一月的深秋
一场雨让城市冰凉
这个失语的季节
鲜花盛放在我们的想象

落叶是叹息
月亮是隔世的光明
当忧郁的眼神漫过记忆的围墙
有谁　在秋风里为你歌唱

我们都是被宠坏的孩子

在深的虚无中
寻找抗体
寂寞　像影子一样　寸步不离
原来
城市要的不只是美丽　以及勃勃的生机

占梦的人
从来都把诗意的生活　留给自己
可是前生来世　有谁会记得你
原来
爱情总是藏在内衣里　一遍遍画着柔软的曲线

白昼　一旦被黑夜覆盖
就会淡忘五光十色的大地
浑然不觉我在你面前
如何用力地爱你

用最柔软的情绪
把忧伤悄悄揭起
回忆后海纷飞的雨季
像一场没有结局的黑白电影
最终呈现　一场潮湿的爱情

我在春天的星空下等你

曾经担心
此生都无法与你相遇
那样平凡地老去
仿佛一生
心湖　从未起过涟漪

此刻　有微风
心生诗意
想用一路桃花
铺满纵横的时间

那些爆裂的灰暗的迟缓的种种理由
于某时
统统化为乌有

在这摇摇晃晃的人世间
留多少魂梦

朝朝暮暮　愿与君同

你一定和我有关
空气里才会有春天的味道
来路漫长
我随身携带勇敢
你看
我右脸的色斑
对你　始终保持着友善

总有这样一幅画面
在脑海中反复出现
一个素衣女子
穿行于灯火阑珊的街头

而我

穿着洁白的衬衫

在满城静寂的星光下

沉默不言

M（Ⅰ）

平静和节制
以及　所有美好的情操
迷失在一道复杂的数学题中
统统
找不到前进的方向

于是　想起你的手指
纯白的记忆
如同飞翔的洁净羽毛
在黑暗中
呈现出柔软的光泽

沉默中可以听见
类似的温度　与表白

离开
是为了回来

崇拜

那重生　或者不灭的爱

M（Ⅱ）

忽然
很想见你
在阳光温暖的咖啡园
吃饭　聊天
轻触你的容颜

时间逆流的一刻
听见心跳的声音
很清澈
很特别
很义无反顾

给我一平方米的空间
刻画你的样子
从静止开始
以性感终结

是不是

有这样一种可能

让我快慰和满足

你

出现在这里

用力地吻我

M（Ⅲ）

你熟睡的样子
呼吸很均匀
如诗一般的侧脸
写着　山脉　河流与丘陵

有时
你微笑
犹如　清纯并存欲望
夜色纷乱　沉陷在红唇里
轮回
并且　喋喋不休

世界很大　蝴蝶很美
你很迷人

我只是不愿承认
关于你的种种想象

初

——给果果

光从窗射进来　落在静默的台灯上
簌簌地休息

如同一场偶然的相遇
会犹豫　会欣喜　会沉默不语

若　两点之间
是　直线最短
就让初见的喜悦
简化成贴心的距离

不知道你的名字　却感恩你的呼吸
像白云　像大地
在人潮人海里　祈祷你的唯一

过去　现在　未来
存在即为合理

写一首诗陪你回家

没有色彩的夜晚
一簇蓝花正在降生
突如其来的阵痛
像一枚炸弹
碎裂时的感触

没有睡眠的夜晚
连星星都选择遁形
从来不肯停止的时间
谋杀了多少
似曾相识的流年

没有声音的夜晚
悲伤像巨大的精灵
把手臂上的一颗朱砂
戳记在心里
刻下永恒的痕迹

没有灵感的夜晚
全世界都在叹息
我却竭尽全力地构想
彼此完美的关系
然后
写一首诗陪你回家

梦的回声

梦足够单薄
在距离春天不远的地方　和时间对峙

隔着山谷和河流
光已冷淡　疼痛成为传说

空空的剧场里
隐去了哭泣和悲伤

如一粒微尘
期待一场庞大的回声

落叶之殇

可以遥望很久的月
埋伏着低音

最危险的玫瑰
需要用蓝色祭奠

心怀诗意和善良
偏偏爱上一颗孤独的心脏

仿佛迷失在雾里的人
听不懂
一片落叶的哀伤

明星

对着时间　长久地沉默
如谜的呼吸里
散发春天的气息

美得恰到好处
连月色都嫉妒
在黑暗和光芒之间选择
没有退路的沉溺

万物都开始苏醒
不断靠近寂寞的星群
以及
无数个昼夜交织的妄想与虚空

而梦境之外
需要怎样的虔诚

Zhao lole

才能领悟

你

眉梢里的爱意

在每一个想你的夜里，加深对春天的理解

这首诗的原型是一首同学爱人的作品，原诗的朴素打动了我，于是我保留了结构，改动了文字，用以祝福他们以及世间所有美好的爱情。

在每一个想你的夜里
寒窗晓梦　大雨如泣
在每一个想你的夜里
如此漫长　如此撕扯

写诗
写风　写星星　写月亮
写你
我要告诉全世界
我深爱着你
并且　在今夜
反反复复　呢呢喃喃

晚上从来不敢做梦
怕闭上眼睛
就遇不上你的目光
也怕醒来后
身边
什么也没有

我不怕疼
不怕守望
不怕寒冷袭击
但我惧怕
在漫长的生活里　忽然感觉不到你

记得最初的相逢
以为
你只是滑过我身边的一个匆匆身影
经过了　就会成为过去

但在春花还未绽开的时候
心灵的防线
便已全线瓦解
溃不成军　放弃了所有的抵御

我没有任何信仰
偏偏却信了你的爱情
没有来由地
在岁月的纹理上
刻画你的名字
一层一层
加深
对春天的理解

当黑暗成为习惯

所有疲惫的梦啊

和互相拥抱取暖的人

在无声的转折处

静静地感受悲喜

时间老去的夜晚

宁静
倏然而止
比不上
轻薄的衣衫

诗句微弱
之后是漫长告别

等三月春风
吹散雾霾
等五月惊雷
敲醒旧梦

在一个时间老去的夜晚
燃起一簇火焰
祭奠
再也回不去的童年

暗无天日的忧伤

干裂的纹路
像一条通向沙洲的路途
在沟壑丛生的年华
万物相爱

此时　风经过苍白的纸张
折射出
童年　最初的梦想

七月
手指间流淌的汗水
蚀梦般　燃烧

南方
迟到的花朵
没有语言和歉意
仿佛什么都不曾发生

五彩斑斓的时光
颓然老去
每一个细胞
都在阳光投射下
纤毫毕现
灰暗而绝望

城市涌现的面孔
亦不再纯洁

熙熙攘攘的人潮中
潜藏着
多少　暗无天日的忧伤

以诗为名

我几乎分辨不出
是黄昏还是黎明
在曾经恋爱的地方
看到时光破碎

没有豪华的梦境
没有纯净的泪滴
此刻，若你开始老去
眉梢，褪不掉满目疲惫

山丘　很怀旧
春　很暧昧

在诗人的眼睛里
雨水和爱
被归为同类

边城

翠绿色石头
折射出诡异光线
像一幅没有主体的画像
从容地
由黑暗滑向光明

寻找灵感
需要忍受长久的灰暗
坚持过理想
虚构过剧情
荒诞过年轻的岁月

所有疲惫的梦啊
和互相拥抱取暖的人
在无声的转折处
静静地感受悲喜

遥望边城
黄昏比梦还长
愿以虔诚
走过远方
以及更远方

闻到陈年的酒香
耳畔早催生笛声
奏响
脚步与归途的关系

无题

1.

找不到梦的出口
时间保持无语

2.

无法还原事实
真相交织谎言

3.

世界安静下来
才能用悲伤撑起旗帜

4.

以一个荒诞的理由
告慰疲劳的手指

5.

路很漫长

脚步同样漫长

6.

学习仰望

天空成了海洋

7.

我就站在你的身旁

却忘记了你的名字

多么盛大的忧伤

多么无奈的遗忘

8.

五月

生活在别处

文字能够抵达的地方

9.

喜欢抽烟的女人

喜欢穿丝袜的女人

喜欢说谎的女人

喜欢喜欢女人的女人

10.

梦里回到长安

醒来时

忘记得一无所有

沉默的景观

把忧郁
站成风景

如同一幅画
浓墨后留白

笔锋的背后
藏着多少轻灵

等到时间无语

今夜　让时间暂停
我想把你燃烧
当温度炽烈的时候
就会产生幻觉

不再关心政治
甚至美学
如果爱情是蓝色的
那么忧伤同样是蓝色的

此刻
月光尚有动人之色
眉目间的风情
流转　可以入画

喜欢万物生长
也会对沉默着迷

你微微一笑
夜就晴朗了
风就静止了

还有很多可以歌唱
还有很多可以畅想

心怀美好
或者许以期待
在温柔的夜色里
等你到时间无语

根语

这些　那些
微小的细节
被时间所淡化
浓缩成一颗庞大的种子

太多关于未来的想象
种植进肥沃的土地里
以游离的姿势
生长出浓丽的花朵

凌晨是静寂的时刻
沉默并非隆重的颂歌
在被秋日的叶子遗弃之前
找到　自己安住的地方

一首王菲的忧伤

从一首宋词中穿过
阅读
你淡淡容妆

晓风　明月
映出浓郁风情
夜色尚浅
仍有浮动的微光

身体在晚风里摇晃
眼色迷离　如秋霜

幸运如你
幸运如我
还有一首王菲的忧伤
陪伴　在路上

孤独比喜悦动人

读不懂春天
读懂你
可以

看不透风景
看透你
也可以

当友善的词语
在阳光下变得透明
此刻的孤独
比喜悦还要动人

关于夜的记忆

北风乍起的前夜
梦像雾水一样溶解

被剪裁的色彩
一块一块
落在写满孤独的窗台

缺少温暖
就很难回到歌唱的时代
有时漂游　有时梦魇
在残酷而忧郁的时光里
找不到曾经鲜衣怒马的少年

关于夜的记忆
为了迎合失恋而存在

在满城静寞的月光里

你不言　我不语

这样

会很神秘

从前　以后

从前
暮色苍黄
逆风而行的少年
躲过春天

经历了
多少年轮的时差
还是没有来得及
与你相遇

海水很稀薄
吻很温暖
仰望蔚蓝苍穹
爱与哀愁　竟同时泛滥

以后
你住进了我的心里

弯弯的眉　红红的唇
能听见彼此的心跳声

无须忧郁
亦无须时间倒转
我们还有大把的未来
可以浪费

唱一首歌
写一首诗
跳一支舞

静静地欢喜
慢慢地相爱

后会无期

凌晨三点零七分
闹钟停摆
灰黑色调成为主体
错觉一旦泛滥
即刻毁灭原生态的美好

来不及回忆
也舍不得忘记
电影长焦的画面里
两两相望　后会无期

骑一匹枣红色的马
重返白垩纪
努力
在旋转的星球
寻找真相的足迹

史前满城孤寂
充满荒诞诗意
那些斑驳的纹理
繁衍在渺茫的无人区

月色沉溺
无法弯曲
一路向西的惊喜
无从把握恐惧

淘汰所有过程的崎岖
遗忘掉幽蓝色的泪滴

我好想
和你在一起

爱如灰烬

是幻觉
还是渴望
第七根手指
轻轻地疼了一下

此生的诚恳
给你
来路漫长
爱如灰烬

想象最初美好的剧情
翩然而至
再配些红酒
用来收割光荣

没有花 没有音乐
没有玫瑰和高脚杯

心动的轨迹
被无情的时间拉长
坠落在梦里
结绳成偶像的光环
朝拜时刻　万籁俱寂
钟摆静止在凌晨三点钟

是梦境
还是现实
第七根手指
轻轻地疼了一下

无处告别

我在阴天阅读你的名字
渴望着抚摸与吻
而那些被遗弃的玩偶
躲在角落里
忧伤得无以言表

我也同样无法告别忧伤
以及　五月的麦田
梦境里雨水倾城
断了层叠的流光
在空虚中注满寂寞

像高原上飘逸的芬芳
像土地里潜伏的金黄
一些东西在消亡
又有一些东西在成长

快乐与悲伤的终点

用冷眼
去观察这个世界
没有任何迹象　表明冬天可以迅速终结

裹一条宽阔的围巾　阻挡寒冷侵袭
却无力抵抗　对盲的恐惧

你是快乐的　快乐的终点是停止快乐
你是悲伤的　悲伤的终点是不再悲伤

什么都可以延续
什么都可以抹去　除了记忆

独自灿烂的寂寞

独自灿烂着
无处盛放寂寞

梦里花落　流离失所
从打马的青春走过
回忆里只剩一条素色领结
白色　如雪
融化时亦很销魂

在陌生的城市
仰望苍穹
旋转的摩天轮里　没有爱情　也没有叹息

仿佛　满天坠落的晶莹
等于　孩童停止了哭泣

姿态从容
穿越宁静

在时间里逃亡，在梦境里相遇

在时间里逃亡
语言来自于旷野

找不到名字的人
胸怀悲壮的炽烈

对夜保持敬畏
它是梦的腹地

还有多少秘密
值得我们
在梦境里不期而遇

走向记忆的边缘

关于梦想

关于生活

如果忘记暂时的黑暗

得到的永远会比失去的多

流星划过与春天有关的记忆

等了一整个冬天　记忆跟随着影子走向边缘
听完一首悲伤的歌　孤独
就开始不断地循环

终于　眼泪也不能证明　所谓无助的从前
我把云还给了天空　把水还给了海洋
可是　却仍然画不出你的模样

那些灰色的时间　那些寂寞的流连
踩着一个又一个倒影　走进了最初的黎明

流星终于来了
春天终于也还是来了
当流星划过春天的夜晚
是否
能够披上一身的温暖

美若黎明

我站在最温暖的地方
用虔诚的姿势　眺望

微风已铺满四季
而月亮在远方
有多少个孤独的黎明
充满美感

咖啡色钟摆
时间停顿
夏夜的彩虹和萤火虫
结伴在童话深处

如同等待的光
如同跃动的心脏

愿纠结的不再纠结

愿失望的不再失望

我手持烽火

逐一

走过　夜的黑暗

Zhaolele

梦碎了

我踩着夜色
经过星辰的目光
看见嫦娥流下眼泪
在银河里泛起微凉
玉兔躺在她的怀里
温柔成一种安详
吴刚的斧刀砍着月亮
落下一片一片金黄
梦碎了
化我一身的霜

那夜

脉动的节奏
像一首古老的情歌
缠绕在手指间
终于听得见缠绵

和着迷离灯光
你微微一笑
嘴角扬起的弧度
幻化为倾城的线条

想喝一杯波尔多红酒
让腮更红
让心跳更快
让情绪更纷乱

我回不到我的过去

你也看不到你的未来

在每一个充满时间的角落里

我们　无处可逃

破碎

手里的万宝路香烟
燃出蔚蓝色的雾
迷乱地漂浮
干扰我的思绪
一切都好像仍然在眼前
可是　只　轻轻地一触
往事就碎了　坠落一地的星星
再也找不到　心动的从前
玻璃反射　明明暗暗的烛光
忧郁的影子　穿越狭长的黑
谁在顾影自怜　谁在做伤感的梦
那漫无边际的寂寞
悄悄地把身体包围
空　空　空地徘徊
给我一滴最纯粹的眼泪　可以吗
那样　我就可以　和你从容地告别

如果　你的心是沙漠海

而我　做不了那渡海的舵

清醒

低到无法自持
才能看清楚星辰的纬度

我读不懂你的手势
如同
你不懂我的自以为是

秋天的故事

漂泊在秋水的纹路之上，
漂泊在青草的露水之上。

我小小的家，四尺见方，盛满温暖。
青鸟和水妖遗留在，春天的深处。笑容在水边零落成泥。

这是秋天的某日，我躺在绿色的森林里，等着果实降落。
整个秋天，就是这样。

三分之二的寂寞

一宿冬雪
打落未央暗夜里的枯枝
眼眸来不及睁开
已经预感
那流星般舞动飘零的残败
随透明的灵魂
游弋

当我独自
独自穿越
穿越清冷幽静的青石小巷
穿越寂寥的空洞躯壳
冰轮在苍穹
编结惨淡的银光
丝丝缕缕地刺穿心骨
徒留　千疮百孔
美人鱼是多变的

一面等待岸上的王子
一面念着忧伤的诗

沙滩上拾捡贝壳的小女孩
请不要好奇
在你的馨香小篮里
埋藏了童年的孤独
只是成长的寂寞而已

一宿冬雪
零落在无人领悟的温柔戈壁
我沿着疾风过后的沙丘
在轻歌低吟里漫步
垂目
且用心　勾勒一个纯美的楼兰神话
乌黑的发　粉红如樱的唇
慢一些　再慢一些
一切　都不要太急

伤春

——写给昆明事件

血色的长河
跌破夜空
悬在头顶上的星辰
失去了往日生动的颜色

那些无辜的生灵
在初春的春城
听
爱的毁灭

远去了武侠的年代
竟有刀光剑影
用恍惚的视觉
遥望正义与善良

匆匆逝去的尊严和希望
埋葬在深藏的忧伤里

徒留
多少双哭泣的眼睛

长歌当哭
在痛定后的静寂时光
纵然路在远方
依稀黎明

平凡的祝福
犹如大海浩荡
唯愿
惜君如常

深刻

攫取一轮明月
度你的内心

那被时间封存的温度
是否
能在释放时　还我以盛夏的暖

繁茂者依然繁茂
枯萎者注定枯萎

我所走过的城市和村庄
以及彼岸
风景　虚无
静寂成无语

犹如粉红的黎明
意味
重生与默许

私奔

从四十五度角
窥探
一种令人窒息的美感

如同
在黑暗中寻找光明
那些没有意义的目标
也逐渐变得朴素和温暖

用手指
轻轻地触我
在一个清冷的早晨
呈现出
隐秘的快感

你不言

我不语

以神的名义

从容不迫地逃离

忐忑

静寂时刻
钢琴的音色
像梦中静寂闪电
穿透陈旧的楼阁

那些雀跃的黑白键
中和着悲伤的情歌
在一片柔软的月光下
唱出纠结的忐忑

关于梦想
关于生活
如果忘记暂时的黑暗
得到的永远会比失去的多

恪守内心喜乐

分辨幻觉与诱惑

我坐在一棵开满鲜花的树下

悄悄地等待你的坠落

疼痛的诗

以一个疼痛的姿势
写诗
苍老被还原成现实

连纹理
都显得那么深刻

Zhao lele

等你在时间之外

抵抗种种不快乐

以一种无谓的姿态

忧伤

就不会显得那么特别

晚安，夜色

向所有被遗弃的人说一声晚安
从此　钟情于夜色

把永恒的悲伤
风干

就再也不会疼痛

我不能安静地注视你的幸福

用一块红布
把眼睛蒙上
迷失了所谓的角度

盲了
时间长了
当黑暗成为习惯
就会淡忘潜在的危险

抵抗种种不快乐
以一种无谓的姿态
忧伤
就不会显得那么特别

回不去的是往事
找不到的是方向

在思维的空间里构建想象
坍塌后
瞬间　成为一场虚妄

别向现实投降
因为
还有鲜花和黎明
因为
还有诗歌和远方

即使走在充满恐惧的路上
仍要满怀希望
一如婴儿初生般期待
清澈的眼神
注满梦的未来

过滤掉大部分的痛苦

还会存在多少疑问
问天　问地
问问自己
问到逐渐失语

我不能孤独地坐在你的身旁
我不能安静地注视你的幸福
我是一个充满矛盾的个体
我在自己的故事里流着别人的泪滴

无序

夜　渐黑
藏着多少秘密
一把锋利的匕首
试图割开真相

没有当归泡酒
缺失的味道
要用漫长的时间来补

十七点的公共汽车
准时出现
司机的方向盘
不停地旋转着
像是上了发条

方便面被水煮过
形状便会拉长

嚣张的模样
很适合
走一走灯光靓丽的台步

天气很热
街道空空
找不到平日熙熙攘攘的人流
一辆蓝色的雷克萨斯
从路口
右拐
消失不见

苹果红了
从树上掉落
砸在孩子的头上
母亲笑了
这样会变得聪明

田径场上有三条跑道

一条用来跑步

一条用来散步

还有一条

用来打扫

血色星空

把当归　浸入陈年的黄酒
浓了　淡了　溶解了

在立春的那天
就着一碟血红色的花生米
缓缓地喝掉

我是沉默的
拥有无声的力量
用站立的姿势
书写须臾与不朽

没有人民币的夜晚
两手空空
在一马平川的草原
仰望苍穹

点缀天空的星辰

像是无数凝望的眼睛

注视着

年轮里的柔软和漫长

突然　有一颗

从东部方向　急速地下坠

奔向大地的怀抱

碎落了

满目的流年

印记

花蕊是蜜蜂的早餐
露珠是植物的钻石
舒展手指
握不住流动的沙

染一丛白发
掩饰不住疲劳
红酒里的污点
多得像黑蚂蚁一样

晃动玻璃杯
折射灯光破碎
一饮而尽后
轻轻地放下

长焦镜头的视角
记录倾斜的影子

没有风的夜晚
寂寞泛滥

西北方天空
最亮的那颗星
原来
它没有穿衣服

用一首诗注满黎明

倾倒满城黎明
赌　千年前的未来

若此刻
有美好发生
又如何
刻画　途经的心事

说过无悔
仅以一个眼神
就交出了满腔热忱

尝试写诗
用跳跃的方块
记录爱的发生

当时间走过
有人侧耳聆听

在沉重的旅途中学会轻盈

杯中的拿铁
残留白色泡沫
被无情的嘴唇碾过
碎了满地清澈

有月光如水
划过受伤的右手
思念落在黄金分割点
庆幸仅存的天真

漫长旅途
浮光掠影
随脚步移动的爱情
对灵魂保持追寻
脚步始终轻盈

黑夜仿佛睡着了

以沉默的姿势

听

雨水在城市中回荡的声音

却始终

听不到你的答案

在春天歌唱是一件美好的事情

学会

在春天歌唱

诉说所有美好的相遇

以及洁白

和其他有意义的事情

崭新生活

在文字中唤醒初心
于诗意中年华生长

某时倾诉　某时静默
某时两两相望

充满露水的夜晚
等你在时间之外
再点一盏轻盈的烛光
把一切
都交付给想象

如果可以
我希望
每个平凡的日子
过得如同崭新的一样

箴言二十行

守着半城月光
望一片苍茫
等时间悠长
刻你的名字在手上

心之浮桥
在梦的彼岸
随风而起的纱裙
藏不住指间的芬芳

愿留引路的白鹭
点亮稀薄的夜晚
让头顶每一颗星辰
都不再孤独

此刻若降冰霜
惊醒沉睡的童年

因有诗歌为伴
无惧大漠洪荒

来日莺飞草长
仿佛身在童话中
请赐我以信仰
珍重爱的真相

只有寂静能维护寂静

孤独
汹涌成大海
蓝色的汪洋
望眼欲穿

风格转换
在无意之间
时代的爱恨交集
于无声处
把悲喜落尽

仰望苍穹
看不透遥远的星空
梦境中的幻觉
比现实还要动人

暗夜寂静

像蒙着面纱的女人

不言不语

沉默无声的姿势

却很有尊严

致青春

隔着　一纸的距离
回望青春
仿佛置身于时间的长廊
静静地聆听
流年的脚步声

是天边远去的惊鸿
是乱了浮生的旧梦
是独坐寒窗的寂寞
是浅笑留痕的心动

打马草原
一剑江湖
北风中屹立的少年
白衣依旧
匆匆间
皱纹悄悄爬上了眉宇

于是对成熟的默许
对老去的恐惧
一起沉落在岁月的剪影中
支撑起生活的丰盈

长安落日
紫禁城朝阳
那些蜻蜓点水般的记忆
融化在空气里
裹着点点忧伤
如同故事里袅袅炊烟
漫不经心地掠过

还记得校园操场的黄色跑道
还记得夏日女生飞扬的裙角
一串串散落在风中的诺言

被风吹向了不知名的地方

曾经　试图穿透黑暗
用身体去碰触光明
如今　学会捂上眼睛
在人海中虚伪穿行

逐渐远离的清澈
在某个清冷的早晨
被还原成最初的颜色

会有雨水蒙蒙的夜晚
唤醒潜伏的诗意
点燃轻盈的暗香
烛红了　此去经年的感伤

轻纱半夏

羽扇桃花
多少若即若离
几许长相厮守
都在一杯素颜的清茶里
彼此相对　静寂无言

约三五知己
月下围炉落座
再煮一壶文字
用漫卷黄沙的预言
纪念我们终将逝去的青春

漫游

经过巴黎铁塔　许个心愿
世界和平　股票涨不停
香港迪士尼　像个大公园
发现陌生男子　仿佛梁朝伟的脸

丽江古城里　酒吧人满为患
三三两两　围桌猎艳
威尼斯荡舟　品尝意大利面
情侣微笑热吻　诉说甜蜜诺言

北京下雪　紫禁城白色蔓延
千百年历史　时间逐渐沉淀
东京看樱花　粉红如雨
富士山落座　白衣美少年

普吉岛　黄沙滩　比基尼盛宴
此刻拥抱蔚蓝　忘记更美的脸

华丽上海　花枝招展
外滩夜色流光　始终芬芳乱溅

是守望　是宽容　是不拖不欠
穿过浮云漫步的路　跨越遥远地平线

是展览　是留恋　是相见不厌
在时光深处遇见　陪你把地球走遍

你是我的北京

当清晨升起第一缕阳光
洒在长安街宽阔的路面上
当背着书包奔跑的少年
放飞那些正在成长的理想

当远处传来咖啡的清香
漂浮在中关村的大街小巷
当手捧星巴克穿行的人群
选择一点一点把童年遗忘

多想静静地把往事思量
像颐和园的湖水一样碧绿忧伤
多想快乐地把记忆珍藏
像鼓楼的钟声一样源远流长

你是我的北京
你是我的晨星

你是我挥之不去的身影
你是我永远卸不下的行囊

你是我的北京
你是我的黎明
你是我欲言又止的彷徨
你是我刻在心头上的沧桑

当北三环流淌的车流
不再拥挤不再匆忙
当多少流离失所的曾经
在现实中辗转粉碎成无形

当时光划过 798 里矗立的雕像
大地如同初生的模样
当所有习惯了黑夜的眼睛
在某一刻重新获得光明

多想温暖一座野蛮生长的城市
在永定门的城墙上抚慰落日的荒凉
多想独奏一曲染指流年的古韵
在安贞桥的下方最后一次抒情

你是我的北京
你是我的晨星
你是我挥之不去的身影
你是我永远卸不下的行囊

你是我的北京
你是我的黎明
你是我欲言又止的彷徨
你是我刻在心头上的沧桑

你是我的北京

你是我的眼睛
你是我一路同行的叮咛
你是我默默承受的风霜

你是我的北京
你是我的风景
你是我唇尖潜伏的芳香
你是我一夜倾城的梦想

原来你也在北京

像北海迎接的第一束花蕾
像鼓楼敲响的第一声晨钟
像时光在南池子刻下的痕迹
像孩子在鸟巢欢快的脚步

车潮拥堵的东三环
凝固成大地的痉挛
笼罩天空的雾霾
等待心底畅想的蔚蓝

什刹海　一湾文艺的情怀
重铸隐晦的梦境
始终无处安放的青春
此刻找到共鸣

从湿润的空气到干裂的土地
从大海的涛声到长安街的五星红旗

所有的感受　浓缩成一句平淡的语言
原来你也在北京

像故宫里一望无际的红砖
像长城上一览无遗的灰墙
像 CBD 拔地而起的摩天大厦
像未名湖畔朗朗上口的读书声

日渐远去的胡同
褪不掉童年黑白色记忆
回首万物生长的华年
青春悄悄改变了踪迹

东三环　绚若繁花的夜
不改初见的羞涩
一直徘徊等待的心灵
终于化为轻盈

不管你承受着多少委屈

不管你期盼多少未来的欢喜

所有的感受　浓缩成一句平淡的语言

原来你也在北京

迷失北京

在贩卖梦想的城市
所有的道路　只有一个方向
而流淌眼泪的方式
都像是一首悠长的诗
缓慢地
铺张　或者迷失

必须要承认的是
一张电影票的价值
被无限放大
在长焦镜头的温存里
释放　无知以及理智

不加糖的咖啡
搭配雪茄
冷漠的现实
暗藏

多少欲言又止的心事

寂寞之后的寂寞
层叠辛酸的当时
一张苍白的纸
埋葬心情的潮湿

Zhao lele
2013.12

并非为了告别

——写在离开深圳回到北京之际

时常会想起自己初到深圳时的样子，穿着新买的深蓝色西服套装，跨入斜顶造型的摩天大厦。电梯升降起落，仅耗时几十秒，却仿佛经历了漫长的时间。选择离开央行安稳的环境，心有忐忑，但更多的是对未来的期许。

我安静地坐在29层的一个角落里，遇人会有礼貌地微笑，如同一个独走异乡的男子，心怀温暖和善良，把太多的疏离，交付给逐渐松弛的情绪。

那样炎热的夏。清晰地记得自己的汗水如同雨水，此起彼伏，无休无止。潮湿的衬衫，包裹着身体，手指落在电脑的键盘上，写金融调研，细微声音，内容循环继续。

喜欢书写，文字中流淌着自我的意识。无声而荏苒的时光，竟在笔端显现出绰约的风情。如同这篇文字，我希望它性感，并且拥有独特的品格。无论什么形式的写作，探索爱、真理以及人性，仍是最令人沉溺和感动的核心所在。

是低调祥和的研究团体，工作与生活平坦分明。懂得自己缺少什么，便有臣服于时间的专注和态度。发现要学习的事物很多，存在浓厚的兴趣，心有雀跃，至少已不虚此行。

租了精简的一居，距公司地铁一站的路程，不远不近，适合步行。在清晨的朝阳里穿越城市的若干条街道，微风袭来，空气里有淡淡的甜味。如柑如橙，沁人心脾。

喜欢素净的蓝衬衫，暖且心安。平时直接套在身上，冷时再加件深色西装外套，安静地坐在电脑前。喝一口开水浸泡的陈年普洱，悠长的茶香从唇间直抵心房。偶尔回想曾经鲜衣怒马的少年，更加珍惜此刻的富足与宁静。心有感恩，感恩那些在深圳遇见的人，感恩那些在深圳发生的事，感恩那些陪伴自己在特区走过的岁月。

在北京与深圳之间往返，双城生活渐渐成为习惯，也造就了日久生根的记忆。双目所及，看过多少繁华或者颓败的生长过程，终于明白，只有在坚守中才能体会出记忆的价值。

每次从北京坐飞机到深圳，快降落的时候，都会飞越一片茫茫的大海。白天会是干净的蓝色，夜晚则呈现出静寂的灰，此刻我总会深深地呼吸，隔着机舱的玻璃，闻到水草的气息。这气息让我安宁，让我自省。

是什么让我来到这里，又是什么让我离开这里？鞭策自己前行的人，必须学会反复拷问自己的灵魂。

工作的间隙，仰头看见对面的京基100，它如同一道闪电，以犀利的姿态直指蔚蓝的天际。我用手机把它拍下来，在微信中发给北京的朋友：你们看，银装素裹，像不像首都的国贸三期？天高地远，城市的建筑总是似曾相识。也许，这就是生活。甘苦自知，并在细微处悲喜合一。

在深圳时去了两次茶溪谷，很喜欢那里，闹中取静，别有风骨。看到大片的茶园，弥漫浓郁的清香。穿行其中，心若浮莲。原来一场茶事，仿佛一场人事，起合间显露出厚重的质感。决心要做一个如茶的男子，沉静隐忍，刚柔并济，于无声处释放干净的香，容纳且焕发悠长的温柔。

从北京到深圳，两千三百七十二公里。不同的城市姿态，却有着同样的真实。常有人问起我两个城市的差别，我说，如果明白了生活的真正含义，其实睡在哪个城市，并没有什么本质上的不同。

终究还是要归回北方，重温灰砖赤瓦的长城故宫。离时方恨早，对温润的南国，竟有股不舍。故乡很远，情绪很拥挤。不同于少年时驰骋飞扬的意气风发，也不同于初入职场时的谨小慎微，我开始思考，开始聆听，开始学会沉淀生命中混浊的泥沙。

我想用自己所擅长的影像和文字记录这所有的一切，却发现笔意已无法穷尽想要表达的东西。欢乐与忧伤。傲慢与偏见。它们都是我心中珍藏的美好，像是漫长隧道的前方，有隐隐闪烁的光，时刻提醒自己，要保留温暖期待，用以对抗流转的时间和所谓强大的虚空。

此刻，窗外已是浓重而深沉的黑夜。我总是在这个时刻善于抒情。其实我也和很多善感的人一样，怕　切碎裂的声音，怕没有回声的晚上。

陪君醉笑三千场，不诉离伤。

我喜欢风。风会吹散雾霾。风会让人清醒。有风扑面而来，自己迎风而上，那种感觉刺激又令人振奋。北京是时常有大风刮起的城市。我将在那里，做一个捕风的男子。尽管有些许的惶恐，但依然无损自己对未来的向往。

请祝福我，如同我祝福你一般。愿你的人生宛若春宴。

感恩生活　趋向光明

——静夜细读《莲花》

少年时对淡雅墨香的喜欢，养成了自己阅读的习惯，多少年来，枕边总有几本书，陪伴我度过静夜宁谧时光。最近时常在手边的是一本长篇小说《莲花》，安妮宝贝的作品，精简的浅灰色封面上，印着两个红色的字——莲花。

莲花在佛教的教义中代表一种诞生，植根于淤泥中，灵魂却均趋向圣洁的光。他们是世间身份孤立的生命，静默的姿势下，内心潜涌，用尽一生，与自己的心灵较量。小说《莲花》因循哲理，用简洁的文字，尝试完成对人生以及情感的多重探索。相比较安妮宝贝以往的作品，《莲花》明显更厚重，更具力量感，更需要时间去阅读、去体会。

安妮宝贝的文字总是荡漾着某种不安定的气质，轻涂浅抹，若有似无，即可勾动读者内心最为柔弱的神经。一如小说中描述的进入墨脱的路会因为废弃而被积雪和藤蔓覆盖，高山之中的辽僻村落会蜕变成远古神秘之城，草原可以再次成为湖泊，山脉可以沉没于海洋。桑田沧海，在大自然面前转瞬即逝。也许只有生的信念和情感的自持，才能够超越天地之外的力量，让人坚守内心对光明的期待。

善生、内河、庆昭，《莲花》中的几个主人公，有着纠缠的名字，浮动的情绪。善生的两次不幸福的婚姻，庆昭坚韧而多难的身体，以及内河的坎坷经历，宛若一场幻梦，却仿佛那么真实地存在着。故事由陌生开始，最终回归于平静。为了尽君一诺而独行万里，始终铭记一句爱你而告别芸芸苍生。有多少记忆零落成泥，有多少追逐流逝他乡。

记得善生的第一任妻子离开时，他淡淡的语言。“我们像一对早已失去了目的的旅客，一路停停走走，拖拖拉拉，只为忍耐与妥协，维持着早已失去了价值观的联盟。我存在于你的生命之外，一直与你毫无关联。”当他的第二任妻子和他分手时，几乎说出了同样的话。她们无法理解善生，始终无法走入他的内心世界。当情感终结，发觉悲伤已经褪尽，自由像风一样穿行。

《莲花》中的人物是勇敢的，即使面对黑暗困境，依然拥有一双渴望光明的眼睛。庆昭可以告别安心照顾她的男子远去西藏；内河可以离开自己生活的地方，投入城市的洪荒；即使怯弱儒雅的善生，也结束了悲剧的婚姻，重新去寻找心灵深处藏匿的真实情感。如此这般，安妮宝贝的笔下，绵延铺张的，是每个人心底潜藏的对光的向往。有光就有希望，有希望就有生活的欲望。所谓生命的轮回，就在光与希望的延续中得以永生。

对小说《莲花》的阅读，就像是一场旅行，不断收获绮丽风景的同时，也能够持续求索对于生活的定义。正如安妮宝贝自己所言，这一本书，有关寓意，有关心灵的历史，有关人所走上的路途。《莲花》是一本可以让我自己因为感恩而内心坦然的小说。并且始终都会如此。

感恩安妮宝贝的文字。感恩生活。感恩所有指引自己走向光明的那些人，那些事。学习感恩，心念光明。我想这正是安妮宝贝创作《莲花》的原动力。

愿以此文与所有喜欢《莲花》的朋友共慰。